Gerhart Hauptmann

Promethidenloos

Eine Dichtung

Gerhart Hauptmann

Promethidenloos
Eine Dichtung

ISBN/EAN: 9783743401037

Hergestellt in Europa, USA, Kanada, Australien, Japan

Cover: Foto ©Andreas Hilbeck / pixelio.de

Manufactured and distributed by brebook publishing software
(www.brebook.com)

Gerhart Hauptmann

Promethidenloos

PROMETHIDENLOOS.

EINE DICHTUNG

VON

GERHART HAUPTMANN.

BERLIN 1885.
VERLAG VON WILHELM ISSLEIB
(GUSTAV SCHUHR).

DEN SIEBEN.

1

Widmung.

W as wir gefühlt. was wir gewollt.
Zu sagen ist uns Pflicht.
In uns'rer Zeiten Adern rollt
Statt roten Blutes. rotes Gold.
In unsern Adern nicht.

Schlingt Hand in Hand zum festen Kreis
Und fühlt. dass ihr euch kennt.
Dass euer Fuss auf einem Gleis'.
Und eine Flamme glühend heiss
In euren Seelen brennt.
Poch' glühend Herz und walle Blut
Für Wahrheit und für Licht.
Und du gewalt'ger Kampfesmuth
Verlisch'. verlisch' uns nicht!

An . . . .

— ·

Ich singe frei, wenn alle Ketten lasten:
Die Kühnheit ist des Sängers erste Pflicht,
Und wer sein Lied verschliesst in einen Kasten,
Der ist ein Feigling, doch ein Sänger nicht.
Beim Saitenspiele muss die Waffe blitzen,
Und weh dem Sänger, der den Frieden singt!
Auf seinem Schilde muss die Wahrheit sitzen,
Die er im Kampfe selbst dem Feinde bringt.

Ich singe frei, und schein ich auch nicht zünftig,
Was kümmert's mich und meine freie Brust?
Mag man verkennen mich so jetzt als künftig,
Ich singe ja, des Zieles mir bewusst.
Will man mir aber meinen Gott erschlagen,
Dann führe man auch Götter in den Streit!
Wer alles singt, der kann auch alles wagen,
Der ist zum Tode für sein Lied bereit,

Für was ich kämpfe, kann ein jeder fühlen,
Fasst er den Puls der fieberheissen Welt.
Er kühle sie, wer meinen Sang will kühlen,
Der aus der Zeiten Fieberadern quellt.
So lange springt er feurig durch die Binden
In unaufhaltsam heisser, heisser Fluth.
Bis ihr die Funken aus dem Herzen schwinden,
Und bleicher Tod auf ihren Zügen ruht.

Nimm weg die Hand, Du Mann, von meinem Liede,
Noch lieben kann ich, nicht bewundern mehr.
Dein Banner ist ein lügenhafter Friede,
Mein Banner ist der Kampf auf wildem Meer.
Nimm weg die Hand, Du Mann, von meiner Zither,
Sie ist nicht Deiner Laune will'ges Kind;
Am Himmel stehen finstere Gewitter,
Und meine Lieder sind wie Blitze sind.

Du magst mit Tauben nach Belieben walten,
Doch mein Gesang fliegt keinen Taubenflug,
Und Deine Fesseln können ihn nicht halten,
Noch Du bemeistern meines Geistes Flug.
Nimm weg die Hand von eines Leuen Mähne,
Er schüttelt sie und schaut Dich dräuend an.
Nimm weg die Hand, Du Mann der milden Thräne,
Du Mann des Glückes, Du zufriedner Mann.

PROMETHIDENLOOS.

1.

Rings stille Nacht. Des Mondes volle Scheibe
Am dunkeln Himmel. In des Hafens Fluth
Verstummt des lauten Tages bunt' Getreibe.
Es ruht der Schiffer, und die Woge ruht:
Dort zieht ein Schwan mit hellem Silberleibe
Und ruft zu Zeiten nach der fernen Brut:
Auf leichtem Kahne schwimmt Selin indessen
Heran, in Träumen welt- und drangvergessen.

2.

Er sucht den Segler, der ihn sollte tragen,
Und findet ihn und schreitet stumm an Bord.
In seiner Seele kämpfen tausend Fragen.
Doch seinem stummen Munde fehlt das Wort.
Durch alle Fernen seine Geister jagen,
Und immer weiter in die Fernen fort.
Er sucht vergebens sie durch Schlaf zu bannen,
Unendlich, endlos, schreiten sie von dannen.

3.

Sie schlingen sich gleich ewig langen Seilen
Um jeden Baum und Strauch der alten Welt.
Sie schwingen sich gleich heiss beschwingten Pfeilen.
Vom Wehmuthsbogen zitternd abgeschnellt.
Sie wollen endlos. ohne Zahl enteilen
Ein jeder heimwärts. wie es ihm gefällt.
Leer wird Selinens Brust. klein das Geleite,
Was ihm noch bleibt für die verborg'ne Weite.

4.

Er sendet Grüsse aus an alle Lieben.
Vergessen ist kein noch so ferner Freund. —
Er würde nun. so hiess es. fortgetrieben.
Wo ihn der Gluthhauch heisser Thaten bräunt:
Bald hätte er sein Weinen hingeschrieben.
Und auf die Blätter lang und schwer geweint.
Und seine Seele wehmuthsvoll erschlossen.
Unmännlich fast in jeden Brief gegossen.

5.

Dem treuen Vater. der ihn hat geleitet.
Giebt er die herben Grüsse in die Hand:
Der nimmt sie auf und küsst Selin und schreitet
Dorthin. wo harrend noch der Nachen stand.
Ein Thränlein — und der kleine Nachen gleitet
Mit seiner lieben Last zurück an's Land.
Noch weilt Selin und starrt in stumme Wogen.
Wo dunkle Bahn der Nachen hat gezogen.

6.

Nachdem er lange, lange so gesonnen
Und in der ewig dunklen, stillen Fluth
Den düstren Faden seines Wehs gesponnen.
Wird ihm gar müd' und dämmerig zu Muth.
Es blitzt um ihn, wie Licht von fernen Sonnen,
Es übermannt ihn eine starke Gluth.
So zieht ihn Weh und Hoffnung mächtig nieder.
Und milder Schlaf löst ihre Fesseln wieder.

7.

Indess er schlummert, wenden wir die Blicke
Zum sich'ren Lande, das ihn auferzog.
Wir gehen weit in's tiefe Thal zurücke.
Aus dessen Sohle er sein Wesen sog.
Wir suchen treu nach dem und jenem Stücke.
Das sein phantast'scher Geist gar oft umflog;
Gebirge, Ströme, Wälder, dorn'ge Hecken,
Kann rings das Aug', das suchende, entdecken.

8.

In einem Flecken ward Selin geboren.
Wo aus der Eb'ne das Gebirge steigt.
Hier blieb er lange welt- und zeitverloren
Und hatte sich in seiner Art verzweigt,
Bis man ihm dann die Krone abgeschoren.
Als er im Park der Städte sich gezeigt.
Was nun zurück blieb, kümmerlich, gebrochen.
Ist Knieholz gleich am Boden hingekrochen.

9.

Nun haben sie gefasst ihn und getreten
Auf manche Art um seiner Seele Heil.
Sie lehrten ihn das Fluchen und das Beten
Und schossen ihm in's Mark des Hasses Pfeil.
Er ward ein Teig mit andren durchgekneten.
Auf eig'ne Triebe fiel das schärfste Beil.
Bis endlich er, gefoltert und geschunden.
Zu eitern anfing aus unsel'gen Wunden.

10.

O Gärtner ihr. mein Singen muss euch finden,
Ihr, die ihr Aexte statt der Binden tragt.
Bei deren Schritten sich die Pflanzen winden,
Die unerbittlich euer Dünkel plagt.
O. säh't ihr das Register eurer Sünden
In jedem Schlage. den ihr sinnlos schlagt.
Es würde sicher eure Rechte zittern.
Wär's euch gegeben. Künftiges zu wittern.

11.

So aber geht ihr weiter durch die Blumen,
Zufried'nen Wissens, flachen Stolzes voll.
Und wühlt zu Schanden Keimes schwang're Krumen:
Die Hand zerschlägt. was sie beleben soll.
Weih'lose Priester in den Heiligthumen.
Vor euch versiegt die Quelle. die sonst quoll.
Und unter euren ahnungslosen Tritten
Wird Keim um Keim verdorben und zerschnitten.

12.

Und so auch hier. Es war ein Parkgehege.
Ein wirr Gestrüpp, durch das die Axt mit Müh'
Zu bahnen hatte dieser Gärtner Wege.
Wo alles unter'm Knechteszwang gedieh
Zu einer Höhe, eiferlos und träge,
Die längst nicht mehr nach lichter Freiheit schrie.
Ein Baum wie alle. Bäume sind gleich Bäumen.
Mehr liessen diese Gärtner sich nicht träumen.

13.

Mit wunder Brust in diesem wüsten Bette
Lag nun Selin, verdorrt, geknickt im Schaft:
Er weinte, tobte gegen seine Kette.
Bis denn auch ihm der Dauerzwang erschlafft.
Da aber rang aus tief verborg'ner Stätte
Es sich empor wie neue Lebenskraft.
Und Töne kamen, die Befreiung brachten,
Wie sie aus Schmerz und herber Qual erwachten.

14.

Befreiung — ja! doch wie sie hoch ihn trugen,
Weit über sich in ätherreine Luft.
Da sah er nieder auf die stolzen, klugen
Vereinten Wärter einer grossen Gruft.
Drin sie sein Wesen ganz in Trümmer schlugen,
Die dumpf umwebte feuchter Moderduft.
Sein ganzes Elend kam daher geschritten
Und rief ihm zu, was drunten er gelitten.

15.

Ein Pergament begann es zu entrollen
Von allen Keimen, die er einst besass.
Von allen Trieben, die ihm freudig schwollen
In schöner Knospe, die der Moder frass.
Dann zeigt' es nach dem schönen übervollen
Gebäud' des Wissens, und der kaum genas,
Begann zu fühlen erst was er verloren;
So ward das Weh von neuem ihm geboren.

16.

Mit Weinen und mit Fluchen eilt der Knabe
Zu retten, zu ersetzen, zu erringen:
Ein Blinder so mit vorgehalt'nem Stabe
Denkt er den Weg zum Wissen zu erzwingen.
Von jedem Baume krächzt des Spottes Rabe
Und kreist um ihn mit nimmer müden Schwingen.
Und keuchend singt der matte Knabe nieder,
Und alte Ohnmacht überfällt ihn wieder.

17.

Da tritt zu ihm die Frau mit Stein und Meissel
Und lockt ihn an und spricht mit süsser Stimme:
„Es werde dieses Werkzeug dir zur Geissel
Und diene deiner Wuth und deinem Grimme.
Und eh' sich zweimal dreht der Zeiten Kreisel
Im kurzen Tage, edler Knabe krümme
Dich unter dieses Joch. Such meinen Tempel!
Auf deine Stirne drück ich meinen Stempel."

18.

Der Knabe geht und sucht mit Hoffnungsbeben;
Schon krallt im Wahne sich die heisse Hand,
Als wollte sie Hymettos Marmor heben
Aus tiefem Schacht, als hielte sie umspannt
Den Meissel, der den Marmor soll beleben
Mit hohem Geiste hehr und gottverwandt. —
Da tritt er in des Tempels weite Hallen
Und lässt bestürzt den Zauber-Meissel fallen.

19.

Ein Volk von Krämern schleift des Marmors Decken,
Ein Volk von Bäckern bäckt den braunen Thon,
Statt heil'ger Priester Lumpen nur und Gecken,
Statt stiller Wahrheit Lug und Neid und Hohn.
Da giebt's ein mühsam, ekelhaftes Hecken,
Geboren wird, was längst verstorben schon:
Rings liegen sie die ausgegrab'nen Leichen,
An ihren Stirnen der Verwesung Zeichen.

20.

Da nahet sich die Frau mit Kranz und Leier
Und liess ihn spielen mit der Saiten Gold
Und hüllte ihn in liederschweren Schleier
Und zeigte ihm ein Bild gar lieb und hold,
Und sang von einer heil'gen ernsten Feier.
Dabei zur Liebe Lautenstimme rollt.
Sie sprach zu ihm mit lockender Geberde:
„Hinaus, hinaus! mein Tempel ist die Erde". — —

II.

1.

Es knirscht im Grund, und starke Ketten klirren:
Der Anker steigt mit Schwanken aus der Gruft.
Im ganzen Schiffe giebt's ein eignes Schwirren.
Und viele Rufe dringen durch die Luft
Und scheinen ohne Sinn sich zu verwirren.
Der schilt und wehrt, ein andrer wünscht und ruft, —
Da dröhnt das Schiff von ungeheimem Weben,
Beginnt zu wachen und beginnt zu streben.

2.

Und wie der Schraube riesenstarker Flügel
Die Fluthen peitscht und sich zum Dienste zwingt.
So zeigt sich oben auf dem Wasser-Spiegel
Ein Silberschaum, der leise, leise klingt.
So ruht am Kämpfergrab ein lieblich Siegel.
Ein Lied, ein Spruch, den ihm der Dichter singt;
Nicht kann der Grabstein seine Kämpfe spiegeln.
Nur sie verbergen kann er und versiegeln.

3

Selin erwacht und irrt auf's Deck und findet
Noch hoch am Himmel Stern um Sterne ziehn.
Doch Stern um Stern versinket und verschwindet.
Je mehr des Ostens bleiche Rosen blühn.
Bis dann die Sonne strahlend sich verkündet.
Und rings die Farben tausendfach erglüh'n.
Und ferne Ufer nur noch dämmernd steigen
Aus dunklen Fluthen, die erwartend schweigen.

4.

Ein Schiff auf See! Wie rauscht es stolz von dannen.
Mit sichrem Gange auf sich selbst gestellt!
Wie knarren froh die segelschweren Tannen
Und streben fort in's ungemess'ne Feld!
Hei. wie sich bauschend nun die Segel spannen.
Vom arbeitsfrohen frischen Wind geschwellt! —
Ein Mövenzug folgt den bewegten Gleisen.
Und hoch in Wolken stille Falken kreisen.

5.

Ein Festzug ist's. Wie sie bewundernd rauschen,
Die Wellen alle. die sein Kiel durchdringt!
Der Fische Völker tief im Grunde lauschen
Der Menschenkraft. die Eisenflügel schwingt.
Und wie sich thürmend vorn die Wogen bauschen.
Sie müssen weichen. wenn der Seemann winkt,
Dem Riesen. dem gewaltigen. dem grossen,
Dess Arme Völker durch die Wogen stossen.

6.

Schon ferne sieht Selin die Ufer weichen.
Und rückwärts geht er, wo des Riesen Kraft
Unwiderstehlich dreht die Eisen-Speichen
Und unter krausen Fluthen mächtig schafft.
Da fühlt er Muth durch seine Seele streichen
Und auf zur Krone dringen Lebenssaft;
Er grüsst mit Jubel ferner Heimath Dämmer
Und winkt herab des Schicksals starke Hämmer.

7.

O. schöner Muth, wie schmeckst du so nach Dauer,
Wie scheinst du uns bepanzert und bewehrt.
Gewachsen jedem Weh und jeder Trauer,
Die Menschenhäupter je und je beschwert!
Durch seine Seele geht ein heil'ger Schauer,
Nach stolzen Höhen war sein Blick gekehrt.
Nichts war zu hoch, die fernsten Wolkensäume
Erklomm sein Geist im Zauberkleid der Träume.

8.

Ein Dichter sein mit Strahlenkranz und Krone,
Bei dessen Tönen lauscht die ganze Welt,
Sein Sessel schwergeballte Wolken-Throne.
Am Firmamente leuchtend aufgestellt.
In seiner Brust die Sprache jeder Zone,
Von dessen Leier Blitz und Donner fällt, —
Das war das winzigste von seinen Bildern,
Die andern kann kein Menschenwort euch schildern.

9.

Ihr wisset alle, wie die Bilder sinken,
Ihr lächelt alle still und insgeheim,
Wenn sie erfahrungsdüst're Schlünde trinken
Und aus dem Donner wird ein schwacher Reim,
Und wenn die Stürmer heim zum Herde hinken,
Sorgfältig ziehend still bescheidnen Keim; —
Mich aber lasst' vor diesen Bildern kmeen
Und mich vom Nachhall ihrer Kraft erglühen.

10.

Weit vom Gemeinen werden sie bereitet,
Nicht Neid und Ruhmsucht haben sie gemalt.
Ureig'ne Kraft hat solche Frucht gezeitet,
Ureig'ne Kraft, die göttlich, himmlisch prahlt.
O hielten Götter, was uns so entgleitet
Und was kein Himmelreich uns je bezahlt.
Es ist dahin, doch einmal ist's gewesen,
Wir sind es los, sind, — wenn ihr wollt, genesen.

11.

Den Kampf, der ohne Hoffnung ist zu siegen,
Ihn hat Selin im Kleinen schon durchkämpft,
Wir sahen ihn schon oftmals unterliegen
Und seines Muthes Anlauf trüb gedämpft.
Jetzt da zur neuen Welt die Segel fliegen,
Hat sich der Kraftwahn neu emporgeschnellt,
Dess Sturz in langen Kämpfen wird geschehn,
Die allgewaltig ihm entgegenstehn.

12.

Das Land verging. Die grauen Wogen thürmen
Sich hoch empor. Ein ferner matter Streif
Verkündiget das Nah'n von wilden Stürmen;
Bald rauscht einher der götterstarke Greif.
Wer möchte wohl das kühne Schiff beschirmen?
Hoch aus den Wogen schlägt des Wales Schweif. —
So geht's den Tag und durch die Nacht zum Morgen.
Dann ist die See in Ruh. das Schiff geborgen.

13.

Selin indessen lag auf seinem Pfühle.
Von Finsterniss. von tiefer Nacht umhüllt.
Er fühlte rings der Wogen reg' Gewühle.
Vom wilden Kampf des Schiffes Rumpf umbrüllt. —
Wie jauchzt er. als des Morgens wonn'ge Kühle
Vom offnen Deck in seine Kammer quillt.
Er steigt hinauf und sieht von blauen Wogen
Den Horizont, den schwindenden, umzogen.

14.

„O. heil'ges Meer, du Teppich sondergleichen!"
So ruft er aus von Schauern übermannt.
Wo Luft und Wasser sich die Hände reichen.
Verweilt sein Blick gefesselt und gebannt.
Er sieht den Windhauch über Wellen streichen
Gleich einer lieben, sorglich zarten Hand
Und kann des Meeres Schrecken nicht begreifen
Im Farbenheer. das Sonnenstrahlen reifen.

15.

Ihm scheint die See so wunderbar und eigen.
So ganzer Mannheit unerreichbar Bild. —
Wenn zorn'ge Wogen in den Himmel steigen.
Wenn mädchenhaft der lichte Busen schwillt.
Sei's dass die Flächen inhaltsruhig schweigen,
Sei's dass der Inhalt tausendzüngig brüllt.
Wenn das damast'ne, farbenprächt'ge Kissen
Von Sturmeskrallen sausend wird zerrissen.

16.

Der Kapitain tritt zu Selin und schreitet
Mit ihm am Achterdecke auf und ab.
Indess das Fahrzeug seine Wege gleitet
Durch das geschmückte ewig off'ne Grab.
Er hat des Knaben Sinn hineingeleitet
In seine Brust und zeigt ihm manches Kap,
Um das das Leben mühsam ihn getragen,
Von Schiffen Späne, die sich dran zerschlagen.

17.

Er spricht: „Ich nahm ein Weib. Kaum dass verglommen
Des Festes Lust. bin ich mit meinem Schiff
Allein zurück in's wilde Meer geschwommen.
Verkehrt hab ich mit Klipp und Felsen-Riff.
Statt jener sie in meinen Arm genommen,
Die frostigen. Um meine Schläfe pfiff
Der arge Sturm. statt ihres Busens Wonnen
Hat kalter Nord mich eisesschwer umsponnen.“

18.

Ihn fragt Selin, warum er denn erwählte
Dies schlimme Loos, das ihn zum Abschied triebe,
Zum ew'gen Scheiden, und warum er quälte
Sein menschlich Herz und nicht am Lande bliebe
Und sich mit Fried und Freude still vermählte?
Da wandte sich der Seemann stumm und trübe
Und wies hinunter auf das lichte Bette,
Als ob's allein die Schuld an allem hätte.

19.

Doch nein, — was brachte hier die See getragen,
Als wie man Leichen trägt zur Leichenfeier? —
Ein Körper ist's, tief in sein Fleisch geschlagen
Hält blut'ge Krallen ein seekund'ger Geier.
Er schaute auf von seinem seltnen Wagen,
Antwort ertheilend einem andren Schreier,
Der hoch in Vollkraft seiner Schwingen schwebte
Und helle Lust mit Siegsgeschrei belebte.

20.

Und wie es nah kommt, zu des Knaben Leide
Ist's eine Kuh mit braun und weissen Flecken;
Wie spielend rings am ungewohnten Kleide
Die tausendzüng'gen salz'gen Wellen lecken.
Was will die Kuh auf dieser seltnen Weide,
Wo nur Polypen schal'ge Arme strecken,
Und keine Triften saft'ges Grün gebären,
Der mildgewohnten Rinder Schaar zu nähren?

21.

Der Seemann nickt und nickt und senkt die Augen
Und spricht: „Hier grast die Kuh auf salz'gem Felde.
Für das nur Wale und Delphine taugen.
Wer trieb sie her? Wer hiess sie, Knabe melde
Mir das, zu wälzen sich in diesen Laugen,
Statt wandeln gehn im duftigen Gewälde.
Statt Glöcklein tönend um den Hals zu tragen
Und Friede blöckend saft'ges Grün zu nagen?" —-

22.

Der Seemann geht. Der Knabe bleibt und sinnet.
Und Englands ferne Küsten steigen auf.
Der Abenddämmer graue Dünste spinnet,
Und still zu Ende geht der Sonne Lauf.
In lichter Fluth zu unserm Schiffe rinnet
Ein goldner Latz von ihrem Feuerknauf.
Bis endlich sie, die letzten Strahlenfunken
Verstreuend, mälig ist in's Meer gesunken.

23.

Nun kommt die Nacht mit ihrem Sehnsuchtsleide,
Und hoch am Himmel holder Sterne Pracht.
Doch auch die Meerfluth hegt ein Goldgeschmeide.
Das ihre Woge schmückt in dunkler Nacht.
Wie flimmert sie in diesem neuen Kleide.
Das jeder Windhauch wunderbar entfacht,
Und jede Falte, vor sich selbst erschreckend.
Entflieht, nur immer neuen Glanz entdeckend.

24.

Dort England. Frankreich jene dunkle Masse.
Ein Sternenbogen drüber aufgestellt.
Und zwischendurch die dunkle Wogengasse.
Die beide Länder von einander hält.
Dass dieser Streif das stolze England fasse.
Und jener decke Frankreichs bunte Welt. —
Den wahren Werth der beiden matten Streifen.
Selin vermochte kaum ihn zu begreifen.

25.

„Nah". spricht der Kapitain. „sind hier die Lippen.
In denen Tag und Nacht die Woge schlürft,
Ein fürchterlich Gewirr von Sand und Klippen.
Darein der Sturm des Jahrs manch Fahrzeug wirft.
Wer erst geklemmt in diese kahlen Rippen.
Der hat des Lichts zum letzten Mal bedürft.
Um sich in alter Art durch seine Sünden
Und seiner Menschheit Qual hindurchzufinden."

26.

„Leuchtschiffe ruhen. wo vom sichren Pfade
Die Grenze ist am starren Felsenriff.
Bewachend jene unheilsvolle Lade,
Die manches Fahrzeug krachend schon ergriff.
Hier hilft kein Heulen und kein Flehn um Gnade.
Zu tausend Trümmern nagt's das ganze Schiff.
Die alle wie der Leib des toten Rindes
Von dannen ziehen nach dem Spiel des Windes." —

27.

Leuchtfeuer blinken her von Englands Küste.
Vom Steuer schaut der Helgoländer Maat
Mit scharfen Augen in die Wasserwüste
Und dreht bedacht sein mächt'ges Steuerrad:
Und geht auch Sternenlicht und Mond zur Rüste.
Der Kompass weist ihm seinen sichren Pfad.
Fahrzeuge gleiten rings auf dem Kanale
Und geben grüssend donnernde Signale.

28.

Die Nacht vergeht und Tag um Tage weichen,
Selin bemerkt. beachtet jedes Ding:
Sei's des bedrängten Seglers Flaggenzeichen.
Sei's der Delphine Spiel. die froh und flink
Der Wellen Häupter staub'ge Scheitel streifen.
Sei's dass er sass. wo starr der Anker hing.
Und in den Kampf der dunklen Fluten blickte,
Die unter ihm des Schiffes Kiel zerstückte.

29.

So hat er oft des Schiffes nicht geachtet.
Ganz zu empfinden einsam nur gestrebt,
Und lange. lange regungslos getrachtet
Zu forschen. wie die Woge einsam lebt. —
Bis endlich ihn manch eigner Traum umnachtet,
Der Wirkliches mit Phantasie verwebt:
Und wollen wir die Mischung ganz erfassen.
So müssen wir die Wellen reden lassen.

30.

Die Wellen sprechen: Einsam sind wir alle;
So viel wir sind, wir alle sind allein.
Du aber lerne aus dem regen Schwalle
Die Kunst mit Well' und Winden einsam sein.
Schau über dich! die pfadlos weite Halle
Des Firmaments, der Sterne milder Schein
Ist Anfang eines ungemess'nen Raumes,
Und uns're Welt der Perle gleich des Schaumes.

31.

Wie fühlt der Knabe seine Brust erzittern,
Wie will er saugen, trinken ohne Rast
Die Lehren, die ihn ahnungsschwer umwittern,
Wie strebt sein Sinn in unerhörter Hast
Zu schauen und zu rütteln an den Gittern.
Die man vergebens hoffnungsvoll erfasst.
Wie strebt er nach des Fragenschwalls Erwid'rung.
Die gross uns macht in göttlicher Erniedrung.

32.

Zusehends wuchs des Jünglings helle Seele.
Ward gross und weit, ihm selber unbewusst.
Er sah in manches Räthsels trübe Höhle,
Und schaute an mit immer regrer Lust;
Und dass er nun zu sammeln nicht verfehle
In seiner regen ewig durst'gen Brust.
War er bedacht dem Wind- und Wellenrauschen
Und jedem Ton ein Räthsel abzulauschen.

33.

Doch wunderbar! So oft er sich bemühte
Dem heissen Drang in Worten zu genügen,
So oft auch schaffend schwer sein Busen glühte,
Er fühlte haltlos jeden Ton verfliegen.
Was ihn in göttergleiche Träume wiegte,
Das wollte sich dem schaalen Wort nicht fügen,
Dass ihn Verzweiflung oftmals übermannte,
Und ihm auf lange jede Freude bannte.

34.

Das Neue kam und riss ihn aus dem Brüten:
Ein sonnig Land, ein klippenreich Gewänd.
Bald eine Ebne, reich bedeckt mit Blüthen.
Die Küste Portugals, die flammt und brennt,
Cap Finisterra, drum die Stürme wüthen,
Und das der Seemann nur Cap Finster nennt.
Und all der Wirbel wechselnder Erscheinung,
Die nur vergangen kommen zur Vereinung.

35.

Auch jener Groll, der in des Knaben Herzen
Sich gegen Menschen früh schon eingestellt,
Begann zu schwinden, mählich zu verschmerzen
Schien er die Schläge, die ihn arg gequält.
Sein Denken konnte mit Vergangnem scherzen,
So schien verwandelt ihm die weite Welt.
Und Wund' auf Wunde ihm im Busen heilte,
So lang' er auf dem Wasserhause weilte.

36.

Was .süss ist. ist ein Wahn. — Die weiten Meere
Befördern diese weltzufried'ne Stimmung.
Dann drückt der Erde Qual mit gröss'rer Schwere.
Dann fühlst du doppelt deines Weges Krümmung.
Sei auf der Hut. o Jüngling! wache. wehre
Die Rechte. mancher Berg harrt der Erklimmung! —
Der Anker fällt. der Hafen ist gefunden.
Das Schiff am Erdball wieder festgebunden.

III.

1.

Nun Muse komm. und lass dich heiss umarmen!
Nun gieb dein Lied! Ich ruf' es laut herab.
Du musst am Pulsschlag meiner Brust erwarmen.
Der einst dein Hauch das ew'ge Sehnen gab.
Herbei. herbei! und gieb aus vollen Armen.
Schmück mir mit Ros' und Dornen meinen Stab!
Mit rüst'gem Schritt den Waller zu begleiten,
Das ist mein Amt. du Muse musst mich leiten.

2.

Stoss in dein Horn, du Zaubergeist des Traumes.
Ruf glüh'nde Feuer. heisse Brände wach!
Fallt in's Geäst des wildverschlung'nen Baumes
Des kühnen Liedes! schmückt des Tempels Dach.
Des Tempels Inn'res. des geweihten Raumes.
Dass alles wachs' und bilde sich gemach!
Du darfst nicht zaudern Muse an der Schwelle:
Hinab. hinab! Ich folge dir zur Hölle!

3.

Frei ist mein Haupt, der Schleier ist genommen.
Geduldig kommt die ungeduld'ge Schaar
Der Geister wieder in mein Lied geschwommen,
Die lange, lange mir entschwunden war.
Die Fackel flackert, ist mir neu entglommen,
Dass sie erlöscht, ist nirgend mehr Gefahr;
Der Wind des Geistes kommt allein gezogen,
Der sie entfacht; — der andre ist verflogen.

4.

In einem Kampf muss sich Selin bewähren;
Mein Lied, zu schildern jenen grossen Kampf.
Wo süsse Feinde unsern Sieg erschweren
Und uns'rer Seelen thatenloser Krampf.
Wohl gegen Ritter gilt es Waffen kehren
Von Stahl und Eisen; — heisser Pulverdampf
Mit Donnern brechend aus Verderbensschlünden
Kann uns're Flucht nie unsern Kampf verkünden.

5.

Du finstres Feuer, Gluthstrom ohne Gleichen,
Gewalt'ger Dämon in verschloss'ner Brust!
Die ganze Welt trägt deines Daseins Zeichen,
Dein Kind ist Laster und dein Nam' ist Lust.
Du nahst, und selbst der Stärkste muss erbleichen,
Wenn du daherschwebst deines Siegs bewusst,
Mit üpp'gem Lächeln in den glüh'nden Blicken.
Die oft verderben, während sie entzücken.

6.

Ich habe dich geschmäht, ich muss es büssen.
Du forderst Rechenschaft, so folg' mir nach! —
Sieh, wie dich jene dürren Knochen grüssen,
Die feuerlose Lippe, die einst sprach.
Horch, wie sie wimmern unter deinen Füssen,
Die stolzen Geister, die dein Gluthhauch brach!
Hörst du sie alle nicht mattstimmig klagen,
Die deine Hand mit Wahnsinn hat geschlagen?

7.

Betrügst du nicht, du fluchbeladner Scherge?
Giebst du ein bess'res für ein gutes Theil?
Du führst uns lauernd hin auf goldne Berge
Und biet'st die Berge für ein Nicken feil.
Doch wenn wir nickten, fallen wir in Särge,
In uns're Stirnen fährt des Wahnsinns Keil,
Und niemand schliesst die Wunden, die erklafften
Und uns unnennbar wilde Qualen schafften.

8.

„Wer bist du?“ Und das Bild begann zu sprechen,
Denn wirklich sah ich deutlich jetzt ein Weib.
Ihr Anblick würde euch die Seele brechen,
Ein üpp'ger, wüster, doch kasteiter Leib.
Zernagte, blutbelauf'ne wunde Flächen; —
Ich will mich wenden, doch da ruft es: „Bleib
Und höre mich! Das Blatt hat sich gewendet:
Jetzt bleib' und höre, bis auch ich geendet!“

9.

„Sie glauben noch. ich sei was ich gewesen:
Einst war ich. — Sänger! — wie sonst Kinder sind;
Am Erlenbache trieb ich hold mein Wesen,
Und mich empfand das unverdorbne Kind.
Ich lehrte euch in Baumeskronen lesen
Und flog euch zu in jedem frischen Wind:
Da kamen schmutz'ge schwachgemuthe Buben,
Die mich lebendig in ein Grab vergruben."

10.

„Seitdem ward ich in Menschenmund geschändet.
Verflucht der Körper, den ich angewoht:
Sie glaubten mich vergangen und verendet
Und haben Gott um meinen Tod gefleht.
Ich aber habe mächtig mich gewendet
In meiner Haft. da half kein Gottgebet.
Bis ich des Sarges Eisenmund gebrochen
Und angstvoll bin von Haus zu Haus gekrochen."

11.

„Nun wollte nimmer mir ein Obdach lachen,
Die Menschen schlugen mich, — sie nannten's Scham; —
Ich aber stand bei Blitz und Donnerkrachen
In Einsamkeit und wurde krumm und lahm.
Mich hat zerfleischt des Wahnes blut'ger Rachen.
Ein jeder Knabe, der gelaufen kam.
Spie mich aus seiner Brust. — So zugerichtet
Hat man mich freilich, aber nicht vernichtet."

12.

„Da kam die List und half mir doch zum Siege.
Ich stahl geschickt in jede Brust mich ein.
Aus einem Falter ward die gift'ge Fliege.
Und wo ich war. da musst' ich ewig sein,
Und wen ich stach. der fühlte kein Genüge
Am Guten mehr; er wahrte noch den Schein.
Doch koste heiss mich bei verschlossnen Thüren.
Um endlich mich als Laster zu erküren."

13.

„Nun wuchs der Hass. Der heisse Durst nach Rache,
Der Knechtessinn. die Tücke hing mir an,
Und eine edle himmelsreine Sache,
Ward ich ich zur Metze jedem schlechten Mann.
So kommt es nun. dass ich die Rechnung mache,
Und wenn ich wo vom Herzblut trinken kann,
Da hang' ich fest. Kein noch so edles Stöhnen
Der matten Opfer kann mich mehr versöhnen."

14.

„So röchelt nun in meinen wüsten Armen
Und flucht, indem ihr schwimmt in meinem Schlamm!
Eh' hat die Höll' im Schattenreich Erbarmen.
Ich schlag' den Hirten. und ich schlag' das Lamm,
Ich schlag' die Reichen. und ich schlag' die Armen.
Und Keiner ist. der lebend mir entkam;
Wer je mich trug auf seines Lagers Kissen,
Dem hab' ich rasend mich in's Herz gebissen."

15.

„Sie mögen Kerker wie Gebirge bauen;
Jetzt bin ich nicht mehr eine von den Kleinen,
Und hinter meinen Schritten kriecht das Grauen. —
Und mag die Welt aus hohlen Augen weinen.
Ich werde lachend auf die Memmen schauen,
Die Welt in schwarzer Fluthen Tiefe schlingen
Und Wahnsinns Lieder durch ein Chaos singen."

16.

„Nun gehe hin zu meinem glüh'nden Herde.
Nun schaue. Sänger, mein verfluchtes Reich
Und schaudere und sinke hin zur Erde
Und zittere im Schau'n und werde bleich!
Ich zeige jetzt dir eine bunte Herde,
Mein Pfühl sind Weiberbusen zart und weich,
Und Menschenschädel meine goldnen Becher.
Und alle alle Opfer mir und Rächer." — —

IV.

1.

Die Dämmerung umflattert Spaniens Küste.
Und Malaga liegt wie ein träumend Kind.
Wie wenn der Wind des Kindes Locken küsste,
So steigt der Rauch in Abendlüfte lind.
Und alles geht vom wilden Tag zur Rüste,
Der Fischer zieht des Netzes Wucht geschwind
Empor. ein andrer wieder löst die Taue
Und steuert frisch in's Meer. in's dunkle, blaue.

2.

Da steht Selin am regbelebten Hafen
Und schauet stumm zurück zu seinem Schiff.
Dem willigen, dem starken und dem braven,
Das sicher ihn geführt um Klipp und Riff.
Nun sich mit Menschen seine Blicke trafen.
Ein neuer Geist in seine Seele griff,
Der bald begann in eigenwill'gen Spielen
Ihr tiefstes Innerstes zu unterwühlen.

3.

Und lauer wehn und lauer nun die Lüfte,
Und drückend lastet's um Selinens Haupt;
Es wallt um ihn ein Hauch wie Ambradüfte.
Der ihm die Vorsicht und Besinnung raubt.
Schlaff stützt sein Arm sich auf die müde Hüfte;
Da nahen ihm, mit Rosen hold umlaubt.
Gestalten. — Sind sie lebend, sind's Gebilde
Der Phantasie aus himmlischem Gefilde?

4.

Sie sind gefahrvoll diese lichten Weiber! —
Ein Schauer sagt es, der Selinen rührt.
Nur der Verderber malt uns solche Leiber,
Durch die er uns zu Tod und Elend führt.
O wehre dich! der fürchterliche Treiber.
Der eine zehrend heisse Flamme schürt.
Er jagt wie mit Oinomaos Rossen
Und trifft dein Herz mit tötlichen Geschossen.

5.

Und lockender beginnt's ihn zu umwinden;
Ein süsses Tönen fördert seinen Wahn.
Da hört er Laute holden Tanz verkünden
Und eine Schaar von wilden Dirnen nahn.
Die leise lächelnd ihm vorüber schwinden;
Er aber steigt in den bereiten Kahn
Und suchet trotz dem lockend süssen Klingen
Zum Schiff im Hafen sich zurückzuzwingen.

6.

Schlaflos und glühend wälzt er hin und wieder
Den müden Körper auf dem harten Lager;
Zur Wandrung reissen ihn die regen Glieder,
Doch um ihn reden, fragen tausend Frager.
Es brennen ihm der Augen matte Lider,
Gerippe starren um ihn hohl und hager
Und warnen ihn und heissen ihn bethören
Den heissen Drang und sich zum Schlummer kehren.

7.

Er thut's. Da hört er zauberisches Klingen
Von der Muele durch die stille Fluth.
Wie sich die Töne ihm in's Inn're ringen.
Wächst ihm von Neuem die erstorb'ne Gluth.
Er springt empor und ruft: „Hört auf zu singen!
„Ich habe euch zu hören nicht den Muth.
„Hört auf zu singen! eure Flammenblicke
„Ich fühle sie. O rettet! ich ersticke."

8.

Er geht, er sucht. Da schlägt mit leisem Munde
Beim Lampenflackern im Kajütenraum
Die Uhre klar und hell die zwölfte Stunde;
Selin starrt in die Luft und hört sie kaum.
Sein Auge macht die fieberhafte Runde,
Bald glaubt er wachend sich und bald im Traum.
Und wieder fällt er keuchend in die Kissen.
Von Mattigkeit und Schauder hingerissen.

9.

Da schweigt's um ihn. Doch bald beginnt's zu reden.
Da kommen Geister und Verwandte her,
Umspinnen ihn mit langen Weisheitsfäden,
Und ihre Gründe wiegen gut und schwer.
Sie weisen ihm der Menschheit grösste Schäden.
Ummurmeln ihn und zanken kreuz und quer,
Bis endlich sie mit einem Male schweigen, —
Und and're Geister aus der Tiefe steigen.

10.

Selin erbleicht, er kann sich nicht erwehren;
Sie reden nicht, sie sind nicht, doch sie sind.
Er will zur Flucht sich leise weinend kehren
Und wird verächtlich, schwächlich wie ein Kind.
Nun wachsen sie zu ungeheuren Heeren,
Da wird er machtlos und sein Auge blind.
Sie fassen ihn, sie werfen ihn zu Boden.
Und um ihn weht ihr unheilschwerer Broden.

11.

Noch kämpft er, — nein, nicht Kampf mehr ist's zu nennen. —
Noch unterliegt er den gewalt'gen Weh'n.
In tausend Flammen seine Glieder brennen
Und machen ihm die Sinne fast vergeh'n.
Er kann sich selbst im Rauche nicht erkennen,
Er meint zu fliegen, und er meint zu steh'n; —
Da kommen sie von neuem durch die Wogen,
Die holden Himmelstöne, hergezogen.

12.

Er steigt auf's Deck. Nicht kann die Nacht ihn kühlen.
Er schaut zum Lande und er steigt in's Boot.
Die Kräfte, die sein Inn'res jetzt durchwühlen.
Die schlägt kein Pfarrer und kein Priester tot.
Es schwimmt sein Geist in brennenden Gefühlen; —
Nun thut's zu retten und zu helfen Noth.
Folgt mir hinab in seine schwanke Barke,
Dass euer Muth an seinem Kampf erstarke.

13.

Das Land erreicht. Er springt die stein'gen Stufen
Hinan, da lächelt ihm manch hold Gesicht.
Von rückwärts hört er seinen Namen rufen;
Ihn treibt es vorwärts, er gehorcht ihm nicht.
Das Laster sprengt einher mit Flammenhufen,
Er jauchzt ihm zu und wie es lodernd spricht.
Nickt er und nickt; — da dankt der grause Scherge
Und öffnet schweigend seine düstern Särge.

14.

Doch was nicht Pfarrer und nicht Priester schaffen,
Das schafft der Born, der tief im Busen quillt.
Wie sich die Schleier schwebend jetzt entraffen,
Die ehedem des Lasters Reich umhüllt,
Da quillt der Quell ihm Harnisch, Helm und Waffen
Und hebt herauf ein himmelsreines Bild,
Dass wie ein Gott der wilde Stürmer stehet,
Und Friedensodem seinen Geist umwehet.

15.

Wohl lockt die Lust, wohl flackern heisse Kerzen,
Wohl hat sie üppig sich und hold bemalt,
In Engelsbrüsten schlagen Geierherzen,
Und Schlangen sind mit Perlen licht umschalt.
Und so beginnt ein fürchterliches Scherzen,
Vom grellen Licht des Lasters überstrahlt.
Bald ist Selin vom wilden Heer umworben,
Doch aller Drang ist plötzlich ihm gestorben.

16.

Ein ungeheurer, namenloser Schrecken
Hat seines Körpers ganzen Bau erfasst,
Er sieht mit Grauen ärgster Fäulniss Flecken
Und hohlen Tod in jeder Brust zu Gast.
Und wie sie ihm den Leib entgegenrecken,
Die Opfer alle ohne Ruh und Rast,
Da sucht sein weinend Auge Salben, Binden,
Sie um der Wunden Uebermass zu winden.

17.

Da! — welch' ein Weib! ein Haupt voll stolzer Würde,
Ein Gliederbau so himmlisch, gross und rein,
Die Stirn umfliesst lichtheller Locken Bürde
Und scheint ein Strom von lautrem Gold zu sein.
Dies Lamm gehöret nicht in diese Hürde,
So denkt Selin, solch süsser Himmelsschein
Strahlt nur aus Sternen, da, — da sinkt sie nieder
Und giebt ihm Preis die stolzen Götterglieder.

18.

Und wie anbetend schon sein Knie sich senkte.
Da springt er auf. von Jammer jäh durchdrungen:
„Wer ist das Weib. das hell die Cymbeln schwenkte?
„Wess Stimme ist's. die also süss geklungen.
„Der die Natur so reiche Gaben schenkte?
„Wo ist sie?" — da! — da kommt sie schon gesprungen.
Ein wildes Lachen. eine Schmutzgeberde.
Und klatschend fällt sie vor Selin zur Erde.

19.

Wer naht sich dort? Ein Kind mit schwarzen Locken.
Ein lieblich Kind. so schamhaft wie ein Reh.
Auf Lilienwangen weiche Rosenflocken,
Ihr Wandeln gleicht dem Wandeln einer Fee.
Ihr naht Selin und seine Pulse stocken.
Hier gilt's zu trösten. denn hier wohnt das Weh.
Da muss er Moderduft und Fäulniss riechen,
Und Würmer sieht er ihr im Auge kriechen.

20.

O Uebermass. o Jammer ohne Gleichen!
Er will erwärmen ihre feuchte Hand.
Sein Auge fleht: o gieb ein leises Zeichen,
Ob je ein Menschliches in dir gebrannt? —
Sein menschlich Wort ertönt nur fahlen Leichen.
Hier wird nur eine wilde Lust gekannt
Und wird geübt. bis ihre Pfleger fallen.
Zerfleischt von eignen blutbedeckten Krallen.

21.

„Wer ist dein Vater? — wer die Mutter? sage! —
„Hast Vater du und Mutter? sind sie todt?
„Wer brachte dich in diese schlimme Lage?
„Fehlt dir ein Obdach, oder fehlt dir Brod?
„Du sahst wohl einstens hell're, schön're Tage
„Und kamst vom Glanz in eine tiefe Noth?
„Antworte mir!" — Da hüpft sie, ihren kalten
Zerfress'nen Leib wollüstig zu entfalten.

22.

Noch steht Selin, doch droht er fast zu sinken
Vor nie geahntem, ungeheurem Grau'n.
Ohnmächt'ge Thränen ihm im Auge blinken,
Das ganz vergeht im starren, heissen Schau'n.
Wer wird aus diesen Lustgefässen trinken? —
Da hört er neben sich ein schwach Geraun':
„Ihr seid ein Neuling, junger Mann. Wir beiden,
„Wir grasen lang schon auf den üpp'gen Weiden."

23.

„Den üpp'gen Weiden? — Wer, wer kann das sprechen? —
Den üpp'gen Weiden?" Brennend heisser Zorn
Will aus des Knaben Munde zuckend brechen,
Und fluthend quillt der heil'ge, reine Born
In seiner Brust. „Den üpp'gen Weiden? — rächen
„Will ich dies Wort! Treff' euch der Leiden Dorn.
„Die hier auf diesen üpp'gen Weiden spriessen,
„Und die euch locken ruchlos zu geniessen!"

24.

Er wendet sich und sieht zwei Männer stehen,
Die lächelnd ihn und mitleidsvoll betrachten.
„Man sieht's". so sprechen sie, „Kindsmährchen wehen
„Um deine Stirne noch. Du wirst mit Sachten
„Die üpp'gen Wege fester, sich'rer gehen.
„Wenn du gebührend wirst den Pfuhl verachten.
„Verschleud're nicht dein Mitleid in dem Pfuhle,
„Nicht zu den Menschen rechnet man die Buhle."

25.

Hoch reckt Selin sich. Seine Augen flammen
Verachtung, seine Brust erhebt sich wild.
Und er erkennt die Schaar der Wundersamen.
Die ewig zu besudeln sind gewillt,
Was sie geniessen. stetig zum Verdammen
Sich fertig fühlen, und sein Athem schwillt.
Empor zu schleudern in's Gesicht dem Truge
Die ganze Wahrheit nun in einem Zuge.

26.

„Ich grüss' euch! spricht er. wollet mir vergönnen,
„Dass ich euch mag beim rechten Zipfel fassen,
„Dass ich euch mag beim rechten Namen nennen.
„Ich grüss' euch. die ihr kriecht auf allen Gassen,
„Ich grüss' euch, die ihr kräht mit allen Hennen
„Und die ihr lebt und nehmt aus allen Kassen.
„Eur' Nam' ist Fadheit, aller Laster Laster,
„Und Menschenglück ist eurer Strassen Pflaster.

27.

„Wer kennt euch nicht, die alle Farben tragen.

„Wie Maden jedes grüne Reis umzieh'n?

„Wer kennt euch nicht, die jedes Blatt benagen?

„Wen habt ihr nicht besudelt und bespie'n?

„Ihr mögt bei jeder armen Seele fragen

„Und forschen, was aus eurer Saat gedieh'n.

„Die schönsten Keime sind in euren Horden

„Dem Schlamm, in dem ihr watet, gleich geworden.

28.

„Stolzieret weiter, aufgeblähte Schatten.

„In euren Schreckensscharen dünkt euch gross!

„Die eure Thaten unterwühlet hatten,

„Die armen Opfer, lasst auch jetzt nicht los!

„Lasst sich die Fadheit mit Gemeinheit gatten

„Und gebt der Würde so den Todesstoss,

„Verachtet, schlagt und würgt in diesen Reichen

„Als stolze Herrscher. — aber tragt mein Zeichen!

29.

„Hört an, ich will in eurem Sinne lehren:

„Die Weiber sind nur da zum Zeitvertreib,

„Man kann uns nicht das alte Recht verwehren

„Herum zu wüsten mit der Weiber Leib,

„Und wenn wir fordern, müssen sie gewähren.

„Doch keine Rechte hat an uns das Weib.

„Wir schlagen ruhig das Gefäss in Scherben.

„Aus dem wir tranken, mag es doch verderben.

30.

„So hoch wie Sterne stehen über Dünsten.

„So hoch steht jedes dieser Opfer euch!

„Nie. nie gelingt es. selbst dem frei'sten, kühnsten,

„Hinauf zu dringen in ihr Leidensreich.

„Um wie viel weniger euren faden Künsten?

„Ihr könnt nur eins, und thut es immer gleich:

„Der Mutter. die euch trug in ihrem Schoosse,

„Verächtlich lohnen mit dem Todesstosse.

31.

„Nun, sprach ich recht? O schaut die blassen Wangen.

„Die Fiebergluth in eurer Opfer Blicken,

„Seht. wie die einst so hehren Glieder hangen.

„Lacht nur. o lacht und spottet ihrer Krücken!

„Doch wenn euch einst beschleicht ein Todesbangen,

„Mag's euch ein einzig Mal zu fühlen glücken,

„Was sie gefühlt in ihrem ärgsten Leide.

„Indess ihr grastet — auf der üpp'gen Weide.“

32.

Er wendet sich. Die beiden aber haben

Sich kaum erholt von ihrem ersten Schrecken,

Als sie beginnen auf den kühnen Knaben

Ihr faules Inn're geifernd auszuhecken.

Doch leider sind es honigleere Waben.

In deren Zellen Fliegen sich verstecken,

Die gleissend nun umsummen, giftgeschwollen,

Das Haupt des Knaben. den sie stechen wollen.

33.

Sie stechen ihn an der und jener Stelle,
Es schmerzt, es brennt ihn, aber stört ihn nicht.
Er kennt ja all' der Stacheln saubre Quelle
Und bietet seinen Leib und sein Gesicht.
Der Ueberzeugung heilungskräft'ge Welle
Umspielt die Wunden, und die heil'ge Pflicht,
Die er erfüllte, macht den Schmerz gelinder
Und seinen Körper durch das Gift gesünder.

34.

Und wie's mit reinen Seelen stets gewesen.
So ist es auch mit ihm. Kaum hat Selin
Den Schmerz in seiner Gegner Brust gelesen,
Kaum sieht er draus des Hasses Blumen blüh'n.
So ist er auch von seinem Zorn genesen
Und fühlt von Mitleid seine Brust erglüh'n.
Er hat im Geiste auch für ihre Wunden
Der Nachsicht mildernden Verband gefunden.

35.

Indessen sind mit Schimpfen und mit Grollen
Die beiden Freunde in die Nacht verschwunden,
Und um Selin beginnt das alte Tollen,
Als sei es jetzt erst wieder losgebunden.
Viel tausend Trümmer durch einander rollen
Und stossen sich unzähl'ge tiefe Wunden.
Von Ort zu Ort auf seidenweichen Kissen
Wird unser Waller hin- und hergerissen.

36.

Und wie die zarten Arme um ihn walten.
In regem Eifer rings um ihn geschaart.
Die Elemente zaub'risch sich entfalten,
Und manch Geheimniss wird ihm offenbart.
Hier giebt's ein Feuer nahe am Erkalten.
Hier loht ein neues in der alten Art
Empor. verzehrend. wie von tausend Bälgen
Entfacht. zu sinnlos ungeheurem Schwelgen.

37.

All die Gesichter gleich lebend'gen Gräbern.
Was lebt ist todt. O namenloses Wort! —
Hier frass ein Geier Herz und Hirn und Lebern:
Ein hohl Gehäuse blieb, im Keim verdorrt.
Ein Korb mit Früchten ward ein Korb mit Träbern.
Und in den Träbern wühlen Säue fort. —
Und tiefer dringt er in die Regionen.
Wo die lebend'gen Todten einsam wohnen.

38.

So wie sie lebten, wurden sie betroffen
Vom Lastertod. Noch blüht das letzte Glück
Auf dieser Stirn. Hier thront des Lebens Hoffen
Noch hell und hehr, und Seele strahlt zurück. —
Versteinert alles. — Weit und klar und offen
Sind diese Bücher jedem Denkerblick:
In starren, tiefen Lettern wird er lesen.
Was ihre Blätter einstens sind gewesen.

39.

Noch sinnt Selin. Da hört er Seufzer klingen
Und sieht ein mattes Weib und eilt zu ihr
Und spricht: „Was ist dir? — Deine Seufzer zwingen
Zur Trauer mich. O trauere nicht hier!
Sieh. wie sie alle froh und fröhlich springen.
Auf auf zum Tanze! schwelgen. singen wir!"
„Ich bin nicht todt, Herr". spricht sie, und die Blicke
Erbebend senkend. schauert sie zurücke.

„Ich bin nicht todt". „Nicht todt?" beginnt Selin.
„Beim Himmel deine Hände krampfen sich
Im dumpfen Schmerze. Weib. — O sag'. o sag'.
Wie rett' ich dich. wie trag' ich dich empor.
Zurück. wo Menschen sind?" „Ich weiss es nicht".
Giebt sie zurück. „ich weiss nur. dass ich lebe".
„In diesem Grabe leben? jammervoll!
O jammervoll! — Ich leite dich empor.
Du suchst dein Brod mit deiner Hände Fleiss.
Du lebst. du freust am Licht der Sonne dich,
Vergisst den Pfuhl. in dem du dich verlorst.
O komm. o komm!" — „Das Grab ist tief. o Herr".
Giebt sie zurück. „Mich schmerzt die Stirne. Geht. —
Ich bitt' euch, geht zu jener. sie ist todt".
„Beim Leben. Weib! ich will dich nicht verlassen.
Ich fasse dich. ich kann dein Leid versteh'n.
Wenn's Lind'rung dir verschafft. dass meine Brust
All' deine Thränen fassen will und alle

Bewahren wie Juwelen. — wenn es ist.
Dann weine. weine!" — „Herr. ich kann nicht weinen".
„Du kannst nicht weinen? Auch nicht weinen.
Wenn ich dich umfasse, an den Busen drücke.
In wahrer. ganzer Liebe. heil'ger Liebe.
Auch dann nicht Mädchen?" — „Nein. auch dann nicht. Herr:
Sie haben mich zu oft wie du umarmt: —
Mich ekelt's!" — Tief erschauernd lässt Selin
Die Arme sinken und erfasst gerührt
Und weich und zaghaft ihre Hand und spricht:
„Hast Eltern du gekannt? Was brachte dich
In solch' unsel'ge Lage?" — „Ja. auch ich
Ich hatte Eltern. Doch ich möchte nicht
An meine Eltern denken: meine Stirne
Schmerzt wie mein Herz. ich darf nicht denken — o!"
„Es giebt noch Menschen": spricht Selin. „nicht alle
Sind jenen gleich. es giebt noch Männer! —"

„Männer?"

Erwidert sie. „Männer sind Strafen Gottes!"
„Nicht diese Männer: andre Männer. Mädchen.
Die fühlen können. die ein edles Herz.
Ein grosses Herz besitzen. andre giebt es
Wie jene Schergen. die euch unterjochen.
Es giebt noch andre, die man lieben muss.
Die eures Wesens Werth zu schätzen wissen.
Die es bewundern und verehren. Weib!
Und wenn du nie im Leben einen sahst.

4*

So sieh auf mich, und achte mein Geschlecht
In mir!" — „Du bist in Wahrheit wunderbar,
Und ich vergass, dass du ein Mann bist, Herr. —
Willst du den Dank? —" „Welch' einen Dank, o Mädchen?" —
„Den, den sie alle wollen: — nimm ihn hin
Und lass mich schlummern." Sprachlos steht Selin
Vor all' dem Elend, seine Lippen beben.
Er stammelt wirre Worte: „Nicht für mich
Hat diese Gabe Werth. Mein Lohn, o Weib,
Ist eine Thräne! — Weib, nur eine Thräne!"
Und ihre Hand mit Küssen wild bedeckend,
Blickt' er sie an. Da zuckt' es sonnig hell
Wie letzter Schimmer längst versunknen Lichtes
In diesen trocknen Augen: heimwärts schien
Ihr Geist gezogen in verfloss'ne Zeit,
Wo sie noch reich war, wo sie geben konnte
Die Fülle ihres Wesens, wo man noch
Zu schätzen schien, was sie besass. Seitdem
Man sie zerstörte, ihren edlen Leib
Herumwarf wie, — o weltverfluchtes Thun! —
Wie einen Brocken Aas, dran jeder Hund
Kann fressen, seit der Zeit zum ersten Mal
Hat sie von Glück geträumt. — Doch schwand der Blitz,
Wie er gekommen, — und — sie weinte nicht. — —

*   *   *

40.

Zurück in deine Ufer ausgebroch'ner
Wildfreier Strom. zurück in alte Fesseln!
Nun schweige. schweige. blutend ausgesprochner
Gesang des Jammers! Zu der Hölle Kesseln
Versinke Bild! Hinab. empor gekrochner.
Trägbein'ger Molch von uns'ren sammt'nen Sesseln!
Wir mögen dich. wir mögen dich nicht haben. —
Die Schaufel her! von neuem sei begraben! —

V.

1.

Ein Schauder bleibt. Das Licht des Sonnenballes.
Das alle Schatten scheucht, verscheucht ihn nicht.
Und ewig dröhnt es ungebroch'nen Schalles.
Wie wenn ein Wesenloses raunt und spricht.
Und was wir denken, alles, alles, alles
Sitzt über jenen Greueln zu Gericht. —
So liegt's auch schwer und dumpf auf uns'rem Waller.
Ihm wird zum Spruch des Grams das Sprechen aller.

2.

So wird dem Menschen auf verzweigten Pfaden.
Indem er ewig nach Befreiung ringt.
Ein Bündel nach dem andern aufgeladen.
Bis endlich ihm der Tragegurt zerspringt.
Und all' der Ballast nicht zu seinem Schaden
Herniederrollt, und eine Stimme singt:
Nun kannst du ruhen und nun kannst du rasten:
Nichts folgt dir nach in deinen Schlummerkasten.

3.

Gönnt mir ein wenig Zeit zurückzugreifen:
Mich fällt ein wehmuthsvolles Sinnen an. —
Stumpf wird die Waffe, wie wir immer schleifen,
Und glücklich der, der lange schleifen kann.
Ich lasse suchend meine Blicke schweifen,
Wo Freiheit sei von dem gewalt'gen Bann,
Der mich auch jetzt, ich fühl's, zu Boden ringet
Und mir gar üble nächt'ge Lieder singet.

4.

Wie streifen hin und wieder die Gedanken?
Wer fängt sie mir in dieses Bauer ein?
Ein unerhörtes Flackern, Flieh'n und Schwanken.
Will niemand meines Trübsinn's Bote sein?
Will kein Gedank' die Leier mir umranken?
Und giebt die volle Traube keinen Wein?
Und wäre trotz des Messers tiefen Scharten
Des Herbstens Stunde gar erst zu erwarten?

5.

Ich sage Herbsten, frage nach der Stunde
Der Ernte, nach der Traube heisser Frucht,
Und doch die Bitterkeit in meinem Munde
Ist mir Beweis von der vollbrachten Zucht.
Gebt um die Traube! mache sie die Runde!
Und wenn sie jeder prüfend dann versucht,
So will ich auch vor euer aller Blicken
Viel reife Thränen aus der Traube drücken.

6.

Reif ist sie also. Und das Recht zu schneiden
Hab ich erworben. Doch das Recht zu klagen
Giebt man uns schwerer als das Recht zu leiden.
Ob auch am Busen uns die Würmer nagen,
Wir können uns mit Panzern nicht umkleiden
Und müssen schweigend uns're Leiden tragen. —
Ich fühle wohl mich tief in Trübsal stecken.
Sei's drum. mein Schicksal wird mich schon erwecken.

7.

Noch kann ich nicht des Knaben Hand berühren.
Indess ich selber ringen muss nach Kraft.
Ich stehe zaghaft an verschloss'nen Thüren
In eigenartig wunderbarer Haft.
Erst muss ein Geist mich aus dem Kerker führen.
Wo mir mein Wille und mein Muth erschlafft.
Dann werd' ich wieder in der Stürme Wehen
Ein unbesiegbar mächt'ger Felsen stehen.

8.

Ich sollte schweigen und im stummen Brüten
Verrinnen seh'n den Kelch der eig'nen Schmerzen
Und jeden fremden scharfen Blick verhüten.
Statt euch zu quälen. soll ich mit euch scherzen.
Indess im Innern mir die Stürme wüthen.
Aus meinem Liede jeden Windhauch merzen.
Doch nein! fahr' hin du traurige Umnachtung!
Der. dem ich singe. ford're meine Achtung.

9.

Ihr andern aber weicht von meinem Sange:
Er kennt euch alle und er scheut euch nicht.
Doch unter eurem Blick wird er zur Schlange.
Die ihre Gitter zischend mir durchbricht.
Nun ist das Lachen so bei euch im Schwange,
Dass ihr so lange lacht. bis sie euch sticht.
Das aber möchte gern mein Sang vermeiden.
Drum lasst mein Gleis von eurem Gleis sich scheiden.

10.

Genug hievon und schon zuviel von diesen.
Glaubt einer nicht. dass ihn der Dichter kennt,
Der sei auf's Lob der Fadheit hingewiesen.
Und wenn ihm dann der Hass im Herzen brennt,
Mag er der Rache Waffen sich erkiesen.
Er ist es. den mein Sang beim Namen nennt.
Er stürm' heran und schlag' nach meinen Liedern.
Er wird sich selbst, doch nicht mein Lied erniedern.

11.

Die ihn verstehen. muss der Sänger achten.
Und die ihn nicht verstehen. darf er nicht hassen,
Doch die für Wahrheit und für Recht entfachten
Gluthflammen muss er feurig lohen lassen.
Die einst mir selbst ihr Herz entgegenbrachten.
Die alle will mein Lied mit Kraft umfassen.
Darf nicht am Boden knechtisch zage schleichen.
Muss sein ein Banner und ein Kampfeszeichen!

12.

Kein Doppelzwang bedrücke meine Stimme.
Ich fordere von eurer Lieb' und Huld,
Dass sie mit meines Stromes Wellen schwimme
Durch regellose Ufer mit Geduld:
Und reiz' ich wen zum Aerger und zum Grimme.
So liegt auf mir kein Schatten einer Schuld.
Denn meine Seele lässt sich nicht regieren.
Noch wie ein Schulpferd zur Parade führen.

13.

Dass ich von meinem Pfade abgewichen.
Ist an der Kunst ein Fehl. An die Natur
Indess ist ausgetheilt. was hier gestrichen.
Zerfall'ner Leib braucht falsche Glieder nur.
Und durch die eig'nen Sehnen wird verglichen
Das Fehlen der damast'nen prächt'gen Schnur.
Die sonst jedwedes Kunstwerk's Theile bindet
Und sie zum künstlich festen Ganzen windet.

14.

Zu Theilen wird des Dichters Geist gerissen.
Wenn seine hundertfältigen Gefühle
Mit andern hundertfältig fühlen müssen.
Er selbst vergeht alsdann in dem Gewühle
Des Fremden. Nur die Flagge kann er hissen
Des eig'nen Wesens über'm fremden Spiele. —
Hier aber ist mein Eigen. Schiff' und Fahnen.
So muss Natur der Kunst die Wege bahnen. — —

15.

Selin's beständ'ges Denken, mancher Nächte
Lebend'ger Traum war die vergang'ne Nacht;
Sein Busen hob sich stets wie im Gefechte,
Von Kampflust ward die rege Brust entfacht.
Er wollte kämpfen für die Schaar der Knechte
Und Freiheit schaffen in gewalt'ger Schlacht: —
Wohl werth des Kampfes schien des Elends Fülle,
Der Moderduft in der krystall'nen Hülle.

16.

Und wenn mein Geistesflug ermattend sinket,
So ist es Last, was mich zu Boden drückt.
Und wenn mein Busen Himmelsblitze trinket,
So fühl ich von den Lasten mich entzückt.
Und da mir jetzt der alte Leitstern blinket,
So fühl' ich mich mit Hoffnung neu beglückt,
Und nenne, was Erfahrung giebt, gewonnen,
Und meinen Flug den kühnen Flug der Sonnen.

17.

So auch Selin. Er glaubt auf jenem Fluge
Zu fliegen, glaubt bereichert seine Brust.
Gedanken schweben in gewalt'gen Zügen
Dahin, verschmähend jede Erdenlust,
Die Larve weicht vom Angesicht der Lügen,
Und knirschend sieht entlarvt sie den Verlust
Und schreit und weist dem Jüngling ihre Zähne
Und schüttelt furchtbar ihre Schlangenmähne.

18.

So sah Selin der fremden Kleider Fetzen.
Den fremden Jammer und das fremde Leid
Und lernte eigenes geringer schätzen
Und trug getrost sein unvollkomm'nes Kleid.
Er suchte stets den Dünkel zu verletzen,
Wo er sich ungebührend machte breit,
Und stand für immer bei den Unterdrückten.
Ob auch des Hasses Schwerter ihn umzückten.

19.

Er war erwacht von kreischenden Signalen.
Von dannen flog der Jugend kindlich Heer,
Oft sah er Blut in weingefüliten Schalen.
Und keine Lust genoss er sinnlos mehr.
Er dachte stets an der Geschwister Qualen.
Goss Balsam, Tropfen in ein Wundenmeer
Und klopfte oft an festverschloss'ne Pforten
Des Mitleids mit bewegten inn'gen Worten.

20.

Doch wie er gehen wird von Land zu Landen.
Aus jeder Pforte fällt ein grimmer Hund.
Der Menschenliebe niemals noch verstanden.
Und seine Meinung giebt mit Bissen kund.
Nur wenig traf ich. die auch nur empfanden.
Was heiss entströmt der Ueberzeugung Mund.
Sie lachen und sie schieben ihn zu Kindern.
Es werde schon die Zeit sein Toben lindern,

21.

Ich aber sage: Gram und Leid vor allen.
Dass uns verschrumpft der jugendfrische Trieb.
Schmach. dass vom Baum im Herbst die Blätter fallen.
Und dass uns nichts in dem Geäst verblieb
Als hier und da der Druck von Geierkrallen
Und was uns Sturmfaust in's Gezweige schrieb.
Dass statt des Saftes an zernagten Stellen
Gar bitt're Tropfen aus der Rinde quellen.

22.

Das Laster hat verlockt des Knaben Sinne.
Doch ihn zu halten hat es nicht vermocht.
Er war am freisten. höchsten mitten inne.
Als ihn der Leiden grauser Pfuhl umkocht'.
Und ob ein Heer von Netzen ihn umspinne.
Ihn hat nicht Garn und Angel unterjocht. —
Das Laster liess beschämt von den Versuchen
Und gab ihn los mit unterdrücktem Fluchen.

23.

Und wieder steht Selin am Meeresstrande.
Da taucht es auf. da schleicht's zu ihm heran.
Wie einst mit kargem. dürftigem Gewande
Und allen Armuthszeichen angethan.
Er wartet stumm am düst'ren Klippenrande
Und lässt es furchtlos und mit Schweigen nahn.
Da steht's vor ihm. da kniet's im scharfen Kiese.
Ein überwund'ner gnadefleh'nder Riese.

24.

Er aber spricht. indess die Morgenröthe
Den Himmel malt: „Nun komm an meine Brust!
Aus einer eklen schlammbenetzten Kröte
Erwache mir zur kindlich reinen Lust!
Der Nachtigall still sehnendes Geflöte
Sei dein Erwecker! Steig aus deinem Wust
Hervor!" — Da rauscht ein Taubenpaar vom Felsen.
Und flüsternd lauscht die Fluth mit Silberhälsen.

25.

Ein Thränenstrom. — da fällt die ekle Hülle
Und weicht in Nacht. Ein holdes reines Weib
Entwirret sanft der Glieder süsse Fülle.
Im Frühroth glänzt ihr edler Götterleib.
„Dein bin ich". spricht sie. „und du bist mein Wille":
Und weiter spricht sie flüsternd. „bleib'. o bleib
Es ewig. lass in dir mich ganz genesen.
In dir mich sein, was einstens ich gewesen."

26.

Die Welle rinnt zurück vom stein'gen Strande
Und trägt hinaus in's weltvergess'ne Meer.
Was sie erhascht vom Menschenwunderlande.
Nach langen Jahren giebt sie's wieder her.
Um Klippen steigt's aus ihrem Fluthgewande.
Sie spricht von vielem und ihr Schatz ist schwer
Und übervoll von urgeheimen Dingen.
Die nur dem Kundigen verständlich klingen.

VI.

1.

Ein Morgen ist's. und grauer Nebel liegt
Um Malaga's bewegter Bucht. Es fliegt
Durch's Takelwerk ein leiser Morgenhauch,
Und über Häusern kräuselt blauer Rauch.
Da ist bewegt die Mannschaft auf dem Schiff.
Und hell und deutlich tönt des Bootsmanns Pfiff:
Hinaus in's Meer! — Der Anker steigt empor.
Und dumpfes Dröhnen schlägt an unser Ohr.

2.

Die Küste weicht. Die Sonne steigt mit Prangen.
Ihr feurig Tagwerk strahlend anzufangen.
Selin erwacht und geht auf's Deck und schaut.
Wie rings der Morgen unter Schleiern graut.
Er überdenket. was er jüngst erfahren
In jenen düstren unheilsvollen Schaaren.
Doch macht ihn frei und urgesund das Meer
Und jagt von dannen das Dämonenheer.

3.

Und immer weiter weicht das Schiff vom Lande,
Und Well' auf Welle trennt ihn von der Schande.
Doch wie auch ferner rückt und immer ferner
Das grause Bild. noch tönen ihm die Hörner
Des Kampfes. und er hält in festen Händen
Die Waffen, siegend jenes Leid zu enden.
Ein Kämpfer sein, das war sein neues Streben.
Das ihm des Elends Anschau'n eingegeben.

4.

Wohl wohnte ihm ein Gott im Busen immer,
Ein Gott. der. ging sein Haus auch oft in Trümmer.
Allgegenwärtig war und ihn bewegte
Und ihm in's Aug' Begeist'rungsfunken legte.
Nun aber war ein neuer Gott mit Prangen
In's Heiligthum der Brust ihm eingegangen.
Aus Lasterfluthen. die an ihm zerstoben,
Hat er den neuen Gott herausgehoben.

5.

Tief in der Seele stand er : lichtumflossen
Hat er in ihren Tiefen sich verschlossen,
Und diesen Gott vor alle Welt zu stellen.
Das war das Ziel des wandernden Gesellen.
Nicht mehr den eignen Leib zum Gott erheben,
Nein, den gefund'nen Gott der Menschheit geben.
Der sie heraus aus schwerem Unheilswetter
Zum Lichte führte als ein Vater, Retter.

6.

Wie schlug sein Herz bei diesem Gottgedanken! —
Oft lag er träumend auf des Bordes Planken
Und schaute grübelnd in die Wellenspiele.
Die rauschend schäumten unter'm Schiffeskiele.
Da kam es oft, dass er die Fäuste ballte,
Dass wilder Kampfschrei über Wellen hallte;
Er weiss nicht, dass der Ton der Menschenlungen
Dem Tropfen gleich vom Meere wird verschlungen.

7.

O Kraftwahn, Kraftwahn, Wonne ohne Gleichen!
O trüber Tag, wo unter mächt'gen Streichen
Hernieder sinket Ast auf Ast zerschlagen
Vom Baum des Wahnes, wenn das frohe Wagen
Enttäuscht zurückkehrt vom gescheh'nen Falle.
Wir wagen alles und wir fallen alle
Und freuen uns noch weinend selbst der Trümmer. —
So war es ewig und so bleibt es immer.

8.

Der Löwengolf! — Er weckte tausend Leuen,
Die um das Schiff mit wilden Mähnen dräuen,
Gepeitscht, zerzaust von Pyrenäenwinden,
Die darin sausend ihre Freude finden.
Selin schaut lächelnd in das rege Kämpfen,
Die eig'ne Kleinheit kann den Muth nicht dämpfen.
Er lässt sie ruhig tosen rings und brüllen,
Weil Gottgebote seinen Busen füllen.

9.

Was mag er denken? Dies sind Elemente.
Die nicht ein Gottgebot bezähmen könnte.
Die Fluth. in die ich will bezähmend greifen.
Ist wie ein See. darum die Trauben reifen.
Mein Gott wird ihnen ihre Uebel zeigen.
Und alle Menschen werden hörend schweigen.
Ich werde helfen und ich werde retten.
Von Sklavenschultern heben Eisenketten.

10.

Wohlan. geh' deiner Prüfung nur entgegen!
Du wirst dein Kampfschwert bald zur Ruhe legen
Und schmerzlich unter hartgeflocht'nen Ruthen.
Wenn nicht verbluten, so doch lange bluten.

„Jetzt aber lass uns deinen Gott betrachten.
Damit wir achten. oder ihn verachten.
Sag' uns in Kurzem deines Gottes Lehren! —
Wir hören. ob sie noch so kindisch wären.

11.

So spricht der Kapitän. und alle andren Männer.
(Sie alle waren gute Jugendkenner)
Bebärtet. schartig und voll Altersdünkel,
Von Weisheit voll bis in den letzten Winkel.
Sie hatten lang Selinen schon betrachtet
Und auf sein wunderliches Thun geachtet.
Auch schon von seinem Zanken, seinem Zürnen
Vernommen. und dem Reden für die Dirnen.

12.

Und da sie alle sich betroffen fühlten.
So kam's. dass sie geheim ihr Müthchen kühlten
An diesem Bürschlein. diesem jungen Laffen.
Dem Naseweis, dem Zänker und dem Affen.
Dem Schellennarren. jung und unerfahren.
Dem Aberwitz'gen mit den Semmelhaaren,
Der — nun der was? — der Thränen für die Armen.
Verkomm'nen hatte und ein heiss' Erbarmen.

13.

Die also nun vereint zu festem Ringe,
Beschlossen ihm zu legen Garn und Schlinge
Und ihn in corpore wie einen Sklaven
Für sein unmenschlich Mitleid abzustrafen.
Nichts ahnt Selin, drum hat er frisch gesprochen.
Ahnt denn der Bruder. dass er was verbrochen,
Und dass er rings von Feinden sei umlauert,
Weil er um den verlornen Bruder trauert?

14.

„Wohin ich lenkte". sprach Selin, „die Schritte.
„Nie fand ich Tugend in der Sitte,
„Nur in den Reihen kindlich reiner Jugend
„Scheint mir zu liegen sittenlose Tugend.
„Wär' Sitte Wahrheit, spreizten sich mit Nichten
„So viele Geier unter Schafsgesichten.
„So aber ist der Trug das Mark der Sitte.
„Und Wahrheit röchelt unter ihrem Tritte."

15.

Die Hörer unterdrückten kaum das Lachen
Ob dieser kindisch unverständ'gen Sachen.
Nur hin und wieder machten sie Geberden.
Als wie: die Dummheit stirbt nicht aus auf Erden.
Dabei empörten sie sich stolz geschwollen
Und liessen staunend ihre Augen rollen,
Als wenn das Sonnenlicht am Firmamente
Ob dieser Finsterniss verlöschen könnte.

16.

Die Sonne aber blieb und strahlte weiter
Herab auf jenen kindlich kühnen Streiter.
Und seiner Hörer Staunen nicht beachtend.
Fing er von neuem an: „Die Sitte scheint mir,
„So wie ich sie gefunden, geistumnachtend
„Und wahrer Tugend aller ärgster Feind mir.
„So lange nicht die Sitte Wahrheit worden.
„Will ich sie tödten überall und morden.

17.

„Und wollt ihr meines Gottes Namen kennen.
„So mögt ihr ihn den Gott der Wahrheit nennen.
„Den Gott der Wahrheit oder Gott der Tugend.
„Den Gott der Sitte oder Gott der Jugend.
„Den Gott des Kampfes oder Gott des Dranges.
„Den Gott des Stehens oder Gott des Ganges.
„Den Gott des Mitleids oder Gott der Liebe. —
„Aus einer Wurzel schiessen alle Triebe.

18.

„Er ist hinein in meine Brust gekommen

„Und hat mein Wesen ganz gefangen nommen.

„Er machet trübe mich und macht mich selig.

„Er macht versöhnlich mich und hoffnungsfröhlich.

„Mein Busen schwillt von himmlischen Geschenken.

„Ich kann nichts andres sinnen mehr und denken.

„Als alle Welt an seine Brust zu hängen,

„Dass seine Arme heilend sie umschlängen.

19.

„Ich fühl's, ich weiss es, stünden seine Throne

„Erst eingepflanzt in jedem Erdensohne.

„Es würde wachsen und es würde schiessen.

„Es würde duften und es würde spriessen,

„Es würden Thränen auf die Felder thauen.

„Und jeder würde Heilungskräuter bauen.

„Die würden kühlen blutend heisse Narben.

„Man würde schwören zu der Menschheit Farben.

20.

„Und alles würde liebend sich umranken.

„So Körper, Herz und leuchtende Gedanken.

„Man würde sich zum Bund die Hände reichen.

„Anstatt zu hadern unter blut'gen Streichen.

„Wir würden selig Herz zu Herzen drücken.

„Statt uns zu üben in der Kunst der Tücken.

„Wir würden uns versöhnen, uns vergeben,

„In einem göttlich reinen Frieden leben.

21.

„Statt alle Uebel, die uns trüb beschweren,
„Auf andre schwächre Rücken zu entleeren,
„Statt schmählich den und jenen zu bedrücken
„Und ohn' Erbarmen fremdes Glück zu knicken.
„Statt ungerecht die Schwachen zu entnerven
„Mit dem, was wir von uns'ren Schultern werfen, —
„In einer grossen Kraft uns fest verschmelzen
„Und auf die eine uns're Lasten wälzen."

22.

Die Hörer fingen mählig an zu scharren
Und glaubten fast, er hielte sie für Narren:
So wirbelten die Götter und die Leiden.
Die Lasten und die Rücken und die Freuden.
Der wüthete und fühlte sich beleidigt,
Nicht einer fand sich, der Selin vertheidigt.
Und alle kamen darin überein.
Es müsste spanisch oder griechisch sein.

23.

Da keiner nun von allem was begriffen.
So griffen sie zu allbekannten Kniffen. —
Sie brachten keine Gründe, Gott bewahre.
Sie thaten närrisch, rauften sich die Haare,
Ergingen sich in unbestimmten Tönen
Und sprangen schliesslich über zum Verhöhnen.
Weil es das Leichteste von allen Sachen:
Unfähigkeit verstecken unter Lachen.

24.

Daraus entstand ein Streit. Man griff zum Schimpfen.
Zu diesen allbekannten Dummheitstrümpfen.
Man überlud den unerfahr'nen Knaben
Mit diesen beissenden gemeinen Gaben.
Selin dagegen hiess mit Flammenblicken
Sein eig'nes Schwert zum Kampfe sich beschicken.
Da aber riefen seiner Liebe Henker:
Er sei ein Friedenstörer. sei ein Zänker.

25.

O Fadheit. Fadheit. welche bitt'ren Schläge
Wirfst du hinein in's blühende Gehege?!
Er hört sich Friedensstörer. Zänker nennen
Und fühlt sein Inn'res für den Frieden brennen.
Das schmerzt. — das schmerzt. die stolzen Mienen weichen.
Man sieht ihn stille nach der Kammer schleichen.
Man sieht ihn fallen und sein Haupt umhüllen.
Weil heisse Thränen ihm vom Auge quillen

26.

Um euch ihr Würd'gen. — die mit stumpfen Sinnen
Nur ihrer Habsucht schaal Gewebe spinnen,
Die mit dem Ballast kläglicher Erfahrung
Uns füttern wollen. statt mit Geistesnahrung.
Die Köpfe schütteln können. Nasen rümpfen.
Die ruhig stampfen in gewohnten Sümpfen,
Die ewig dreschen abgebrauchte Phrasen
Und nicht hinaus schau'n über ihre Nasen.

27.

Selinens Brust ist wie vom Blitz getroffen
Mit ihrem Sehnen. ihrem Thun und Hoffen.
Er martert sich und wälzt in trüben Qualen
Sich hin und her und fragt zu tausend Malen.
Ob er denn wirklich solch' ein Unhold wäre,
Der nur der Menschen stillen Frieden störe.
Und wie's zu Ende geht, da will's ihm dünken,
Als sei er werth im Meere zu versinken.

28.

Das war nun eine jener trüben Stunden,
Die er gleich Disteln oft am Weg gefunden.
Davon sein Fuss so lange ward gestochen,
Bis seine Schnellkraft gänzlich ihm gebrochen.
Wie sehnt er da sich nach der Heimath Fluren,
Mit Sehnsucht folgend des Gevögels Spuren.
Und sah er sie am Strand ihr Nestchen betten,
Begriff er nicht, warum sie Flügel hätten.

29.

„Ihr könnt". so sprach er. „durch die Lüfte segeln.
„Ich wünscht. ich wäre einer von euch Vögeln.
„Ich wollte ruhen nicht und rastlos ziehen.
„Bis. wo der Alpen Silberzinnen glühen.
„Und drüber hin. ich wär' nicht müd' geworden.
„Gen Norden immer weiter nur gen Norden.
„Ihr aber baut am gluthumwogten Hügel
„Und habt doch Flügel.

30.

„Ihr Menschen alle lasst mich ganz alleine.
„Damit ich weine.
„Ihr Freundesherzen in der weiten Ferne.
„Wie drückt' ich an die trübe Brust euch gerne.
„Du stilles, reines und geduld'ges Lieb.
„Wie kam's, dass Thatendrang von dir mich trieb?
„Du stiller Anker in den Menschenlanden
„Hast mich verstanden.

31.

„Ihr aber, deren Stimmen mich umschwärmen.
„Euch kann ich nicht begreifen, nicht erfassen.
„Denn wo ihr lacht, da muss ich trüb' mich härmen.
„Und wo ihr liebt, da muss ich ewig hassen.
„Was soll's? Ich wandre heim euch zu vergessen.
„Zu sitzen dort, wo selig ich gesessen.
„Wo stiller Wiesen duft'ge Blumen spriessen.
„In meiner Liebe zu der Liebsten Füssen."

32.

So steigt die Fluth, die kaum emporgeschwollen.
Oft sank sie so, oft stieg sie neu empor.
Den Himmel, den jetzt Donnertön' umrollen.
Umhüllet drauf ein milder Regenflor.
Dann kommt die Sonne, und die nebelbleichen
Gestalten irren nach den Schattenreichen.
Den' wieder sie uns unsichtbar entklettern.
Bis sie von neuem fallen aus den Wettern.

33.

Selim erwachte bald aus seinem Jammer
Und trat gewaffnet muthig aus der Kammer.
Es war um seinen Mund ein Wort zu lesen,
Das früher nicht auf diesem Platz gewesen.
In seinem Herzen stak ein scharfer Splitter,
Und off'ne Mienen wurden herb und bitter.
Nicht herb und bitter, nur ein leiser Schatten
Von Herbheit schien mit Hochmuth sich zu gatten.

34.

Der Schatten wird zum finstern Nebel werden.
Der Stolz sich hüllen in die Wolkenheerden.
Verschlossenheit wird steh'n auf seiner Lippe.
Verachtung brüten unterm dunklen Schild.
Er wird gleich jenem sein, dem eure Sippe
So viel und wen'ger als ein Staubkorn gilt,
Wenn er versteht sich aus dem Kampf zu retten
Und Panzer sich zu glüh'n aus euren Ketten.

35.

Aus einem Retter wird euch ein Verächter,
Der euch geliebet, wird zu eurem Feind.
Aus eurem Schützer zieht ihr euren Knechter,
Den lehrt ihr fluchen, der jetzt um euch weint.
Dann aber, wenn er alle seine Gaben
Verschmiedet sich zu Panzer, Helm und Schild.
Dann werdet ihr genug gequält ihn haben.
Dann ist er Jäger, und ihr seid das Wild.

36.

Doch eh' das kommt. wird Jahr auf Jahr vergehen.
Von tausend Schlägen wird er neu erstehen.
Bis endlich er. verkappt in Stahl und Eisen.
Dem Zwerggezüchte wird die Wege weisen.
Lasst mich in's Spiel der Welt die Blicke lenken
Und einer Schaar Verschlossener gedenken.
Die thatenlos mit besten Kräften feiern
Und mit Verachtung all' ihr Thun umschleiern.

VII.

1.

Wohin ich kam. da hab' ich sie getroffen.
Sie schlossen ab mit allem eitlen Hoffen.
Sie legten kraftbewusst zur ew'gen Ruhe
Ihr Handwerkszeug in ihres Busens Truhe.
Umschalet liegt's da wie im Grab der Erde
Als Wächter drauf die scheuchende Geberde.
Dort kann kein fader Blick den Schatz entdecken
Und keine rohe Hand ihn mehr beflecken.

2.

Es geht ein Schatzhaus finster durch die Länder,
Der Grund erbebt. wenn sich sein Schatz bewegt.
Wohl nehmt ihr gern die Spangen und die Bänder.
Die es in ew'ger Ruhe in sich hegt.
Und würden diese Schätze einst erschlossen.
Dann gäb's ein Blühen und ein herrlich Sprossen. —
So aber müssen wir zumeist begnügen
Mit Schätzen uns. die rings zu Tage liegen.

3.

Der mag sich freuen und sich glücklich preisen.
Der es begegnete auf seinen Gleisen.
Der, wenn das Herz ihm wuchs vom heissen Sehnen.
Sich durfte fest an seine Pfeiler lehnen.
Der schauen durfte in die tiefen Schächte.
Drin unverletzt das Gute und das Rechte
Tief hinter sturmzerriss'nen Vorhangsfalten
Sich hatte jung und hehr und schön erhalten.

4.

Gönnt meiner Brust die Ehre euch zu kennen
Und meinem Sang die Ehre euch zu nennen.
Wie nenn' ich euch. ihr finst'ren Offenbarer.
Ihr alles Guten göttlichen Bewahrer.
Die ihr verbergt der Menschheit höchste Güter.
Aus denen ewig schöpfen die Gemüther.
Die ihr sie tragt und wahrt in Freud' und Leiden.
Wenn andre rings das ihrige vergeuden?

5.

Der Menschheit Herz. das ewig tief verborgen.
Ihr Leben bergend. Leben gebend schlägt
Und über alle Weh'n und alle Sorgen
Den Schatz des Lebens ihr bewahrt und trägt.
Ich nenne euch die tief verschloss'ne Truhe.
Drein sammelnd der Erwerber legt sein Gut.
Ich nenne euch den Meeresgrund der Ruhe
Und alle Menschen eures Spiegels Fluth.

6.

Auf Meeresflächen spiegeln Sonnenstrahlen,
Und muntre Fischlein schnalzen in der Runde.
Tief unten ruh'n in schimmernden Pokalen
Der Perlen Schätze auf dem finstren Grunde.
Lebt wohl ihr edlen Dulder vieler Qualen.
Ihr, die ihr wenige lehrt mit kargem Munde,
Und tosen sie um euch in ew'ger Hetze.
Die Stürme, wahret sicher eure Schätze.

7.

Euch nenn' ich stark, uns aber nenn' ich schwächer.
Dann giebt' es andre, diese nenn' ich schwach.
Ihr trinket schweigend eurer Qualen Becher.
Wir kämpfen, jene rufen Weh und Ach.
Sie irren um mit wildzerzausten Locken.
Zerriss'nen Herzens, kraftlos, ohne Halt.
Bis endlich sie im Wahnsinnshause hocken,
Wo ihr Gesang uns unbekannt verhallt.

8.

Der Fadheit ungeheure Heere schreiten
Gross durch die Masse auf uns wen'ge ein
Und prallen ab von euch — von uns zu Zeiten.
Verstampfend jene unter ihren Reih'n.
In Irrenhäusern häufen sich die Trümmer,
Wenn wir uns halten, muss es uns genügen.
So war es ewig, und so bleibt es immer,
Wir können kämpfen aber nimmer siegen.

9.

Selin indessen träumt von Siegstrophäen.
Von Siegeskränzen. von der Siegesschlacht.
Er glaubt des Schnitters Sense könne mähen
Das Unkraut mit des Waizens gold'ner Pracht
Und dann von neuem seine Saaten säen.
Indess das ist in Kinderart gedacht.
Und neue Lehren werden gleich Gewichten
Von Eisen seines Glaubens Korn vernichten.

10

Und wie der Hohn mit seinem Stolz sich mischte.
Ward seiner Gegner Schaar noch mehr ergrimmt.
Bald stand er mitten in dem Kampfesgischte.
Der den umsprüht. der kühn entschlossen schwimmt —
Entgegen dem gewalt'gen Strom der Wogen.
Den er vergebens zu bewinden strebt,
Er wird nicht rückwärts von der Fluth gezogen
Und taucht empor. so oft sie ihn begräbt.

11.

Doch vorwärts trägt ihn durch die starke Welle
Nicht seiner Glieder dauerhafte Schnelle.
So harrt er aus. bis alle Kräfte weichen.
Die Fluth ihn fasst und wirbelnd mit sich reisst
Und ihn weit unterwärts gleich andren Leichen
Im Uferschlamme seine Ruhstatt' weist. —
Doch wenn's auch kommt. nur immer ausgeharret.
Bis Glied auf Glied versagt dir und erstarret. —

VIII.

1.

Im Hafen Napels war das Schiff gelandet.
Hier. wo die Armuth ein zerfetzter Leue
Am Thore liegt. hier. wo die Meerfluth brandet
In schmutz'ger Lauge statt in lichter Bläue.
Hier. wo der würdelosen Menschheit Aechzen
Am Boden liegt und tief im Schmutz versinkt.
Hier, wo der Habsucht wildste Geier krächzen.
Und jede Blume nach Verwesung stinkt.

2.

Hier, wo im himmlisch lichtumstrahlten Pfühle
Ein wunder, beulenvoller Kranker liegt,
Hier, wo des Paradieses heil'ge Kühle
Um kahle wurmzernagte Bäume fliegt.
Hier, wo des Weltentempels schönste Bilder
Ergossen liegen in erhab'ner Pracht. —
Hier tappet eine Schaar verkommner Wilder,
Entmenschter Krüppel fluchend durch die Nacht.

3.

Wess Augen hier sich zaghaft nicht verschliessen,
Ihr Recht bezweifelnd an dem Gottgenuss,
Wem hier die Thränen nicht vom Auge fliessen.
Wenn er empfängt der Schönheit holden Gruss.
Indess zu Füssen ihm in tausend Qualen
Die Menschheit lallend sich und ächzend krümmt
Und von den reichgefüllten Schönheitsschalen
Nicht eine Gabe sich herunternimmt.

4.

Wess Busen hier, in eigennütz'gen Freuden
Vergehend, nicht des Jammers Stimme hört,
Wem hier ein mächt'ger breiter Strom der Leiden
Nicht seines Freudenseees Spiegel stört, —
Der ist nicht werth den Himmel zu empfangen.
Dem sei vergällt der schmähliche Genuss,
Dem hemmen tausend Seile, tausend Zangen
Erbarmungslos den lustbegier'gen Fuss.

5.

Ein göttlich Weib, — so liegt die Welt entfaltet.
Mit allen Reizen himmlich ausgeschmückt,
Bis hin zum Berge, drin Hephästos waltet
Und sanften Rauch zum blauen Himmel schickt.
Wie rauscht das Meer in schönen Farben spielend.
Dem Gürtel gleich um das erhab'ne Weib,
Wie schwelgt der Weih im Himmelsgolde wühlend.
Herniederblickend auf den Götterleib!

6.

Doch hockend sitzt der Tod an Weibesbrüsten
Und nagt und nagt mit blutbelaufner Hand,
Er scheint sich fest und fester einzunisten,
Die Wunde glüht im fürchterlichsten Brand.
Und weiter gräbt er einen Weg der Made,
Schaut ihr den Fleck, der diesen Leib entstellt?
Schafft mir den Pilz aus meiner Hochzeitslade,
Schafft mir Neapel aus Neapels Welt!

7.

Selin irrt schaudernd durch die schmutz'gen Gassen.
Und schaudernd sieht er der Paläste Stolz.
Nicht kann sein Busen all dies Elend fassen.
Wenn schier sein Auge auch in Thränen schmolz.
Ihm drückt's die Brust, schwer hebt sich seine Zunge.
Und was sie bebend spricht, ist: Luft und Licht!
Weil hier das Schicksal wie mit Panthersprunge
Sein leichtes Rettungsfahrzeug ihm zerbricht.

8.

Hier giebt's kein Elend aus der Nacht zu reissen,
Aus wilder Thiere Käfig nicht ein Lamm,
Hier füllt die Luft ein fürchterliches Kreissen.
Und keine Perlen liegen mehr im Schlamm.
Hier winden Schlangen sich um gift'ge Schlangen.
Und die Tarantel sticht den schlamm'gen Molch,
Hier giebt es kein erstarrtes Lichtverlangen,
Hier stirbt der Mörder durch des Mörders Dolch.

9.

Das Elend naht auf dürrem Flammengaule,
Und Schwefeldämpfe rollen vor ihm her.
Es hält des Lasters Freibrief fest im Maule
Und sprengt die Geissel schwingend kreuz und quer.
Habsucht und Hochmuth führt des Gaules Zügel,
Armuth und Reichthum hüpfen hinterdrein,
Die Laster alle mit verfaultem Flügel
Beschliessen jauchzend den gewalt'gen Reih'n.

10.

Das Elend greift in jeden Menschenhaufen
Und fasst mit Kreischen Kind und Mann und Greis:
Den treibt's zum Hängen, jenen zum Ersaufen.
Den wirft es lachend in der Laster Kreis,
Und wo es schritt, da liegen sie am Wege,
Von Ungeziefer und von Schmutz beschwert,
In einem dumpfig-kothigen Gehege,
Das hie und da die schwarze Pest durchfährt.

11.

Da giebt's ein wildes, grässliches Getöse
Durch Tag und Nacht und wiederum zum Tag,
Wo sich in ew'ger Brutstatt alles Böse
Zur Geiermahlzeit zubereiten mag.
Und wehe dem, der mit dem Elend rechtet,
Und wehe dem, der mit dem Elend ficht,
Er wird dem schlechtsten Opfer gleich geknechtet,
Und seine Geissel saust ihm in's Gesicht.

12.

Die eigne Waffe muss Selin verhüllen.

Das Elend spricht. — der Knabe lauscht und lauscht,

Indess ein donnerähnlich wüstes Brüllen

Durch's Reich der Lüfte sinnbethörend rauscht:

„Leer ist das Feld. verbrannt die letzten Aehren.

„Die Wurzel nur steckt faulend noch im Grund.

„Davon sich Würmer nur und Maden nähren: —

„Ihr aber steht mit aufgeriss'nem Mund.

13.

„Weiss nicht. wohin die Wagen mochten rollen.

„Ich weiss nicht, weiss nicht, wer sie euch verschlang.

„Ich aber kroch aus den verbrannten Schollen

„Und mache jauchzend meinen Donnergang.“

Da wandte sich Selin und ging von dannen.

Kaum noch ertragend sein gepresstes Herz.

Er warf sich hin. und seine Thränen rannen

In ungeheurem, namenlosem Schmerz.

IX.

1.

Selin erwacht. und mit den grössten Leiden
Zugleich empfindet er der Ohnmacht Weh.
Hier mag ein Gott des Elends Fesseln schneiden
Vom Schwall der Opfer. So wird ew'ger Schnee
Im Hochgebirge durch des Blitzes Leuchten
Nicht mehr zerthaut. So mögt vergebens ihr
Den Sonnenball mit Thränenströmen feuchten. —
Mit uns'rer Kraft vergebens streben wir.

2.

Das fühlt Selin. — und lange trübe Wochen
Umirrt er einsam nun Neapels Golf.
Oft steht er stumm. wo die Gewässer kochen
Um Felsenbrüste. Gleich dem grimmen Wolf
Anspringen sie mit donnerndem Geschäume
Die Ufer. und ihr Gischt fliegt hoch hinauf.
Benetzend Lorbeer- und Olivenbäume. —
Doch ewig ruhig hält der Fels sie auf.

3.

Nach Wochen aber ist Selin genesen,
Vom Mitleid nicht. vorerst vom Rettungswahn.
Er hat aus seinen Schätzen sich erlesen
Die besten, und in einem schwanken Kahn
Sucht er sie rettend aus dem Sturm zu bringen.
Das Ufer naht. schon steht er auf dem Grund,
Es scheint ihm rasch und sicher zu gelingen,
Er athmet frei und glaubt. er sei gesund.

4.

Er fühlt so mächtig seinen Busen schwellen.
Es drängt ihn unaufhaltsam zum Gesang.
Es will aus tausend heissen Brunnen quellen.
Bald laut und voll. bald wieder schwach und bang.
Ein Kämpfer sein, so dünket nun Selinen.
Heisst eine Waffe führen in der Hand,
Und wo es blühend wachsen soll und grünen,
Da wirft der Landmann Körner in den Sand.

5.

Er denkt bei sich. es müssen Körner reifen,
Eh' sie zu Halmen neu empor gedeih'n,
Und seine Sichel muss der Schnitter schleifen.
Geht er in's volle Aehrenfeld hinein.
So suche nun mit Fleiss die besten Körner
Und lass' sie keimen still und mit Bedacht.
Dann schleife deinen Stahl, leg' um die Hörner
Des Stiers das Joch und ernte ein mit Macht.

6.

Sind deine Scheuern voll. dann kannst du geben
Mit vollen Händen. und man lohnt dir's gut.
Erst aus dem Safte herbstlich reifer Reben
Steigt süsser Traube heisse Lebensfluth.
Und weiter will es unsren Knaben dünken.
Man müsse alles Weh und alles Leid
Um sich vergessen und in sich versinken.
Bis es zu herbsten und zu keltern Zeit.

7.

O. armer Knabe. lange wirst du irren.
Bis sich ein mächt'ger finstrer Knoten schürzt.
Den deine Hände hastig zu entwirren
Versuchen werden. der dich niederstürzt.
Wenn du unfähig bist ihn aufzureissen.
Und der dich rings mit finstren Armen fasst.
So deine Zähne sich darein verbeissen. —
Er bringt den letzten schauerlichsten Gast.

8.

Indessen hoffe! — Und du hoffst. mein Knabe.
Du glaubst so sicher dich auf festem Thurm.
Nicht schreckt dich mehr des Schicksals Nebelrabe.
Du fürchstest keinen Blitz und keinen Sturm.
Du weisst was gut ist. Was du jetzt erfahren
Hat dich belehrt. Was gilt's. du fehlst nicht mehr. —
Da kommen sie mit aufgelösten Haaren
Die beiden Weiber seiner Kindheit her.

9.

Sie nahen ihm, sie nehmen ihn gefangen.
Die spricht: „Durch mich!" Die spricht: „Durch mich sei gross!"
Er greift nach beiden voller Gluthverlangen.
Doch beide winden schnell sich von ihm los.
Die eine seh ich Stein und Meissel tragen,
Die andre hör' ich eine Laute schlagen.
Ihn aber seh ich bald den Meissel greifen,
Und bald der Laute goldne Saiten streifen.

10.

So irrt er lange, lange zwischen beiden.
Er kann nicht ruhen bei der einen Frau.
Will er sich siegend von der Leier scheiden,
So netzt sie ihn mit frischem Liederthau.
Er eilt zu ihr und will sie nimmer meiden,
Sie klingt verstimmt, sogar oft kalt und rauh,
Und schreckt ihn wieder traurig zu der andern, —
So giebt's ein langes, hoffnungsloses Wandern.

11.

Oft sinkt er müde zwischen beiden nieder
In argen Kampfes übergrosser Qual,
Da quellen ihm wohl leise leise Lieder
Vom matten Munde hie und da einmal.
Doch raubt Erholung ihm die Stimme wieder
Und treibt ihn fort zu immer neuer Wahl.
Er bittet jede seiner Schreckgestalten,
Ihn endlich, endlich einmal festzuhalten.

12.

Da schien's, als wollte eine sich erbarmen, —
Die mit der Laute winkt ihn zu sich her
Und nimmt ihn auf in weiten, off'nen Armen
Und weist ihn sinnend über's blaue Meer.
Er fühlt in Wahrheit endlich sich erwarmen.
Sein Busen ruht, sein Auge wünscht nicht mehr.
Er will beglückt die Leier fest umschliessen
Und seinen Dank in ihre Saiten giessen.

13.

Da aber weicht aus seiner Muse Händen
Die Laute sanft und hebt sich hoch empor.
Von gold'nen Strahlen, die sein Auge blenden.
Umfunkelt sieht er lichter Genien Chor.
Die sich im göttlich reinen Tanze wenden
Und endlich schwinden in ein Himmelsthor.
Darum sie dichte Wolkenmäntel schlagen.
Nachdem das Kleinod sie hindurchgetragen.

14.

Was thu' ich nun? so hör' ich schwach ihn sprechen.
Wie soll ich singen, wenn die Laute fehlt?
Mag immerhin mein schmachtend Auge brechen.
Das schende lebt nur, dass man es quält.
Mag deine Rechte mir den Nerv durchstechen.
Der ewig, ewig deine Qualen wählt.
Die Muse' winkt und weist ihn in die Ferne
Und spricht: Begehrenswerth sind nur die Sterne.

15.

Drum Waller, walle, sie herab zu rufen!
Zum Kampfe Waller, hoch den kühnen Blick!
Es führen Steige und es führen Stufen
Zu deinem Sterne und zu deinem Glück.
Mit Pilgerfüssen jetzt, mit Flammenhufen
Legst du des Weges letzten Theil zurück.
Du lerntest lieben und du lerntest hassen,
Jetzt lerne, Jüngling, deine Laute fassen!

16.

Wie leuchtend malst du Muse deinen Himmel!
Wie ernst und doch wie leicht malst du den Kampf!
Hörst du der Menschen tobendes Getümmel.
Siehst du den finstren, schweren schwarzen Dampf,
Draus keine noch so helle Demantfirne
Mit ihrem Glühen leuchtet mehr hervor,
Der sich wird legen um des Jünglings Stirne
Und ihm verhüllen wird das Wolkenthor?

17.

Sie schwindet, und Selin starrt in die Weite.
„Ihr nach, ihr nach!" — Dann aber sinkt sein Blick.
Ein Ende ward auch diesem Musenstreite,
Nun ist sein Busen still dank dem Geschick.
Er wandert ruhig in Neapels Mauern.
Wo in dem Hafen noch sein Fahrzeug liegt.
Und ihn ergreift ein wehmuthsvolles Trauern.
Wie es die Masten und die Wimpel wiegt.

18.

Da tönt ein Ruf, da kräuseln blaue Ringe. —
Vom Pflocke löst der Schiffer Seil um Seil.
Der Anker hebt die schwere Eisenzwinge.
Verschlung'nes Tauwerk kappt das flinke Beil.
Der Schaum zerrinnt um die bemoosten Planken:
Ade, ade, du sturmgewohntes Haus!
Es segelt stolz aus engen Hafenschranken
In's ungemess'ne Wogenfeld hinaus.

19.

Er bleibt zurück an diesem heissen Strande.
Er lehnt wehmüthig an des Hafens Rand.
Und wieder zieht's ihn nach dem Heimathlande.
Und wieder löst sich seines Trübsinns Band.
Kaum noch so fest, kaum noch so gut gebunden,
Kaum noch gesiegt in manchem heissen Kampf.
Kaum noch den besten Balsam aufgefunden.
Und schon befällt die Brust ein neuer Krampf.

20.

Er lässt die Glieder schlaff herniederhangen.
Und keine That scheint ihm des Thuens werth.
Er fühlt ein einz'ges schläfriges Verlangen
Nach einer Heimath. Haus und Hof und Herd
Und Einsamkeit und einem Ort zum Träumen
Im stillen weiten unbetret'nen Wald.
Wo unter dichten, weitverzweigten Bäumen
Das Lied der ungezähmten Vögel schallt.

21.

Er sinnt und sinnt und wird hinweggetragen
Weit über Länder nach der Heimath Flur.
Ich höre seines Geistes Flügel schlagen
Und folge kühnlich seiner luft'gen Spur.
Ich seh ihn schwelgen auf beblumter Wiese.
Ich seh ihn wandeln an sein Lieb gedrückt
Und höre seinen Fuss im Gartenkiese.
Der unter leiser Schritte Druck erschrickt.

22.

Da wacht er auf. — Rauh krächzt des Bettlers Bitte.
Des Krüppels Beulen recken sich ihm dar.
Die Strasse gellt vom Stampfen vieler Tritte.
Und eine schmutzige verrohte Schaar
Wogt um Selinen. ihre Blicke münden
Gleich düst'ren Schlünden dräuend auf sein Haupt
Und dringen ein und lassen neu entzünden
Die Flammen. die er lange todt geglaubt.

23.

„Was wollt ihr?“ spricht er. „wollet mich nicht richten.
„Ich bin gefangen. bin wie ihr ein Knecht.
„Was fordert ihr mit euren Gramgesichten?
„Ich weiss. ich weiss, ihr fordert euer Recht.
„Ich bin ohnmächtig! Zenget grosse Götter
„Mir meine Ohnmacht!“ Doch die Schaar bleibt kalt
Und fordert weiter murrend ihren Retter.
Wie sie in Armuth durch einander wallt.

24.

Da bricht das Band. — und in der Brust entbunden.
Aufjauchzen die Dämonen allesammt.
Sie schlagen sich mit Kreischen tiefe Wunden.
Indess Verzweiflungsfeuer sie durchflammt.
Der Knabe fällt mit aufgelösten Locken
Und blut'gen Augen auf den kalten Stein
Und ruft: „So lasst in eurem Schmutz mich hocken.
„Lasst mich mit euch. mit euch im Elend sein!

25.

„Fallt ab ihr saubren Kleider! Um die Hüften
„Legt Lumpen mir, die Moderduft getränkt!
„Führt mich hinab zu euren dumpfen Grüften!
„Ich mag die Sonne nicht. die ihr mir schenkt.
„Ich mag die Speise nicht, aus euren Zähnen
„Gerissen, aber bei des Himmels Huld
„Noch weniger den Trank von euren Thränen.
„Am mind'sten aber eures Elends Schuld.“

26.

Lasst ihn nur ringen, lasst ihn ruhig kämpfen. —
So ist es immer, wenn nach langer Fahrt
Des Seees Toben milde Lüfte dämpfen,
Da sinkt der Seemann, der bis jetzt bewahrt
Die ganze Kraft, erschöpft und müde nieder.
Als sollt' er nun und nimmermehr erstehn,
Doch eh' noch kehren neue Stürme wieder,
Sollt' ihr ihn kräftig und gewappnet sehn.

X.

Ein Eiland liegt gehüllt in blaue Wellen
Im Golf Neapels; schroffe Felsenwand
Umringt es gleich gewalt'gen festen Wällen,
Und Ziegeneiland, Capri. ist's genannt.
Bis nach Sorrento ist Selin gezogen,
Dort ruht er aus, bis ihn das leichte Schiff
Hinüber schaukelt durch die blauen Wogen
Nach Capri's grün behang'nem Felsenriff.

2.

Sorrento's schroffe Kanten jählings fallen
In's blaue Meer. Hoch von des Felsen Grat
Schaut eine Herberg in des Meeres Wallen,
Herunter steigt ein schmaler Felsenpfad.
Hier wohnt der Friede unter saft'gen grünen
Orangenbäumen. und hier stört kein Schall
Der wilden, rauhen Menschheit mehr Selinen,
Hier tönt allein das Lied der Nachtigall.

3.

Die Nacht vergeht. Selin erwacht. Der Morgen
Weht über's Meer und haucht zu ihm herein, —
·Vergessen sind. vergessen alle Sorgen.
Und drunten leise im Olivenhain
Beginnt sie wieder, Philomela's Klage,
So süss, so wonnig und so ernst zugleich,
Und ihre Töne bringen Sag' auf Sage
Von einem sel'gen. heil'gen Ahnungsreich.

4.

Halb schlummert er, halb lauscht er ihren Liedern.
Ihm wird so frei, ach so unsäglich frei.
Er fühlt sein Sehnen sich mit Licht befiedern
Und aufwärts schweben gleich dem stolzen Weih.
In Sonnen badet seine finstre Seele.
Die Erde weicht dem göttlichen Gesicht, —
Und alles das macht Philomela's Kehle.
Sie führt den kranken Mann durch Nacht zum Licht.

5.

„Sing' weiter. weiter. wolle nimmer schweigen!"
So spricht Selin halb schlummernd. halb erwacht.
„Ich sehe Götter aus den Wellen steigen.
„Kein Licht. kein Licht! — Lasst mir die sel'ge Nacht!
„Sprich Oelbaum, sprich du süssbeschwerte Rebe!
„Ich will euch lauschen. lauschen immerdar.
„Damit mein Geist mit eurem sich verwebe.
„Und meine Seele werde, was sie war."

6.

Und Philomela's Lied durchrinnt die Zweige.
Ein Strom von Balsam, lind und leis und mild,
Und holt herab auf blum'ger Liedersteige
Vom hohen Himmel Bild und Bild auf Bild.
Tief unten rauscht des Meers krystall'ner Spiegel
Und flüstert lauschend um den Felsenfuss.
Und leise sprühen dunkle Wasserhügel,
Sich rings erweckend, ihren Morgengruss.

7.

Das Lied verstummt. Da hebt Selin vom Bette
Sich auf, noch trunken von dem hohen Lied.
Am Himmel dämmert eine Strahlenkette,
Und wie sie wächst und immer heisser glüht.
Da scheint's Selinen solch ein hehres Prangen,
Es müsse reich und überreich zumal
Befriedigen der Menschheit Lichtverlangen.
Wie unaufhörlich sich der Strahl zum Strahl

8.

Gesellet, glüht gleich flüssigen Rubinen
Die See und hebt und senkt sich stolz und hehr,
In Purpurfalten hüllend Königsmienen.
„Heil Königsmantel, all umschlingend Meer!"
Die Berge schmücken sich mit goldnen Reifen,
Und in Vesuvio's grauen Scheitelrauch
Beginnt der Morgenwind hineinzugreifen,
Und holdes Sein erwacht um Baum und Strauch.

9.

„Auf, auf zur Fahrt!" — Das Segel fliegt und blinket,
Der Fischer ruft, das Ruder trieft vom Schlag,
Der süsse Traum verschwindet und versinket,
Und schlimm're Träume bringt der laute Tag.
Voraus mein Lied, steig' auf zu Capri's Klippe!
Ergreif das Land, das deines Pfleglings harrt.
Draus ihm ein Greis mit gramverzogner Lippe,
Ein finstrer Greiser, bleich entgegenstarrt! —

XI.

1.

„Wer bist du?“ fragt Selin. „der du entgegen
„Mir kommst auf jedem Pfad. von jedem Steine
„Mir winkest, überall und allerwegen.
„Wer bist du. der du wallst im Mondenscheine.
„Und dessen Geist mir jedes Licht verdüstert
„Und eine Wolke zieht um Capri's Gipfel,
„Von dessen Leben sich die Pinie flüstert
„Und jede Palme mit bewegtem Wipfel?“

2.

„Wer bist du?“ Und er spricht: „Ich bin ein Greiser,
„Ein Armer und ein Reicher. bin ein Kaiser!
„Geh' weiter, Knabe. lass mein düst'res Walten
„Nicht deine Wege stören. Meine Augen
„Sie wollen nicht für Ruh und Schlummer taugen.
„Und meine Rechte muss die Geissel halten. —
„Geh' nur hinab. dort sitzen sie beim Mahle,
„Ein neu Geschlecht, geh' nur hinab zu Thale! —

3.

Ihm folgt Selin, von Schrecken jäh durchdrungen,
Doch wo der Weg sich wendet, steht er still.
Da kommt's von oben wie mit Donnerzungen
Und bannt ihn fest so wie er gehen will.
Und was er hört, das macht das Herz ihm zittern,
Macht ihm erstarren mählich Glied um Glied. —
Bald zephyrgleich, bald stürmend in Gewittern
Hört er das eine traurig-dumpfe Lied:

4.

„Mich schmerzt mein Haupt, mich schmerzen die Gebeine.
„Ich schleppe mich durch Wind und Wind und Sturm.
„Ich schleppe mich bei Sonn' und Mondenscheine.
„Flieg' wie der Adler, krieche wie der Wurm.
„Ich möchte sitzen, doch die Dornen stechen.
„Ich möchte liegen, doch das wilde Hirn
„Reisst mich empor, wenn auch die Glieder brechen. —
„Mich schmerzt mein Haupt, mir brennt, mir brennt die Stirn.

5.

„Ich wollte helfen, und ich ward geschlagen.
„Ich wollte fliehen, und ich ward erfasst.
„Und auf den Thron den gleissenden getragen.
„Bei meinen Festen war der Fluch zu Gast.
„Mein Blick war finster und mein Gang gewaltig.
„In starrer Hülle lag mein grosser Geist.
„Doch an der Hülle nagte mannigfaltig
„Die ekle Made, die Verleumdung heisst.

6.

„Um meine Stirne flogen Wolkenschleier.
„Ich schlug hinein, sie blieben dumpf und schwer,
„Nur hin und wieder kam ein trüber Geier
„Mit schwerem Flug durch das Gewölk daher.
„Ich ward verrathen, und ich ward verachtet.
„Sie stiessen in die Brust mir Stoss auf Stoss,
„Ich ward verhärtet, und ich ward umnachtet.
„Und mein Vernichter liess mich nimmer los.

7.

„O Weib. o Weib! — Ich hab ein Weib genossen.
„Wenn je ein Weib den wahren Mann beglückt.
„An meiner Feinde Brust ward sie gestossen.
„In fader Wollust matten Arm gedrückt.
„O. Weib. o Weib! — Mich schmerzen die Gebeine.
„Ich schleppe mich durch Wind und Wind und Sturm.
„Ich schleppe mich bei Sonn' und Mondenscheine,
„Flieg' wie der Adler. krieche wie der Wurm.

8.

„O, grauser Hass. Du tobst in heissen Adern. —
„Ich peitschte gern in eins so Land und See.
„Riss auseinander dieses Weltbaus Quadern
„In übergrossem allgewalt'gen Weh.
„Furchtbar der Hass. den meine Liebe säugte,
„Furchtbar die Wuth. die Mitleid mir gebar.
„Furchtbar die Flüche, die mein Segen zeugte,
„Furchtbar der Jammer, der mir Freude war."

9.

„O Fadheit, Fadheit! meines Weh's Gebilde
„Stehn fürchterlich durch deinen Schwarm erhöht.
„Und meine Blitze zucken in's Gefilde.
„Und mein Orkan hat Euch um's Haupt geweht.
„Und heulend krochet ihr in Angst und Nöthen
„In Höhl' und Strauch in grauser Todesnoth,
„Da half kein Wimmern. und da half kein Beten. —
„Auf Eurer Fährte folgte grimmer Tod.

10.

„Bezahlt, bezahlt! Das ist mein einz'ges Denken.
„Bezahlt. bezahlt! das ist mein einz'ges Glück.
„Die ganze Welt mit meinem Jammer tränken
„Schafft mir — nicht einen stillen Augenblick.
„Ich möchte sitzen, doch die Dornen stechen.
„Ich möchte liegen. doch das wilde Hirn
„Reisst mich empor. wenn auch die Glieder brechen.
„Mich schmerzt mein Haupt. mir brennt. mir brennt die Stirn."

11.

Und da erscheint er auf dem schroffen Zacken.
Der überhängt in's weite, lichte Thal.
Zerzauste Locken flattern um den Nacken.
Und seine Rechte hält gezückt den Stahl.
Er ruft herab: „Ich grüss' euch. ihr Gesellen
„Der neuen Welt, in meinem Sarkophage.
„Noch starb ich nicht: — und meines Grames Quellen.
„Sie quellen weiter. bis zum jüngsten Tage.

12.

„Dann aber wird der Erde Busen klaffen,

„Und mein zertretnes Leid in tausend Bächen, —

„Ein Strom von Helmen. Harnischen und Waffen, —

„Durch alle Spalten, alle Poren brechen.

„Schlaft tief im Thal, spielt unter fadem Lächeln

„Mit andrer Leid! Ich aber werde wachen

„Und irren. — wenn euch Düfte rings umfächeln.

„Die Bälge ziehen und die Flammen fachen! —

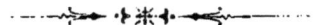

XII.

1.

Nur ahnen mochte, was der Geist gesprochen,
Selin, doch was er ahnte, trieb ihn an
Zur That. Er fühlte heiss sein Herzblut kochen.
Zum Felsen der Vollendung kühn hinan
Zog ihn sein Muth. Und was er ahnte, singen
In hehrer Form, in heil'ger Melodie. —
Das war sein Sehnen, war sein heisses Ringen,
Der Kern, der seinen Thaten Kraft verlieh.

2.

Eh ich dir weiter folge, irrer Knabe,
Lass von der Warte mich hernieder schauen.
Du nahst dich einem ungeheuren Grabe,
Drauf Lerch' und Amsel ihre Nester bauen.
Die Lerchen singen, und die Amseln singen.
Bist du ein Mensch, gehörst du in das Grab,
Draus keine Töne mehr zum Himmel dringen. —
Halt ein und lenke rückwärts deinen Stab!

3.

Du traust mir nicht?! Dich lockt das süsse Tönen.
Du glaubst, es sei auch in der Menschenwelt
Erlaubt zu singen, und das Arbeitsfeld.
Meinst du. kann milder Dichtersang verschönen.
Es fliege leichter dann, meinst Du. der Spaten.
Die Sense blinke freudiger darein.
Sei still! — sie können deines Lieds entrathen.
Es muss gepflügt, doch nicht gesungen sein.

4.

Du sprichst zu mir. du willst mich überwinden
Mit dem. was du dir malst vom Menschenglück?! —
Ich aber. — sieh — trotz allen deinen Gründen
Dieselbe Warnung geb ich Dir zurück.
Begleite mich durch öde finstre Gassen
Furchtbarer Nacht! — Hörst du's den Weg entlang.
Dies Wimmern? — Sieh, dich will ein Grauen fassen:
Dies wird, mein Kind. in unsrer Zeit Gesang. —

5.

Du fragst nach Lerchenjubel. — Lerchenjubel!
Wir haben alles Jubeln längst verbannt.
Hörst du das Kreischen in dem wilden Trubel
Des Marktes? Goldgeklimper füllt das Land. —
Das sind die wahren Sänger, müde Leiber.
Die stöhnend singen ihr unsel'ges Lied.
Und ihre Musen sind vergilbte Weiber.
Durch deren Mienen sich das Elend zieht.

6.

Das sind die Wahren. — Andre aber springen
Dort auf dem Markt herum. und im Tumult.
Die Goldbegierde reizte sie zum Singen.
Doch grade deshalb kamen sie in Huld.
Sie weinen nicht, noch schelten sie und klagen,
Denn ihre Werke tragen reiche Frucht. —
Kurz. freilich. ist des glatten Weges Flucht.
Den sie befahren auf Fortunens Wagen.

7.

Sie sind zufrieden, und durch ihre Kehlen
Geht ein Gemenge wunderbarer Art.
Wo kommt es her? Mit nichten aus den Seelen;
Es ist Verstand, mit Geldbegier gepaart, —
Verstand und Geldgier. statt der heissen Liebe
Für Menschenwürde und für Menschenglück. —
Du aber wandre deinen Weg zurück
Und bleibe fern dem rollenden Getriebe.

8.

Du zauderst. und du schaust nach jenen Sängern.
Als sei ihr Theil begehrenswerth und schön.
Weil Weihrauchdüfte ihre Brust umschwängern.
Ich kenne dich. — du wirst die Wege geh'n
Der wahren. wenn auch tiefen Nacht entgegen.
Du wirst verschmähen diesen falschen Tag.
Weil deine Brust sich nicht verdingen mag
Des leeren. schweissbedeckten Goldes wegen.

9.

Du wirst mit Würde eig'ne Wege wallen,
Um Wahrheit singen. nicht um Goldgewinn!
Du wirst nicht buhlen mit der Welt Gefallen,
Du giebst die reine. ganze Seele hin.
So muss es kommen. dass man sie zertrümmern
Wie andre wird, und du zu jenen gehst.
Die in den langen. dunklen Gassen wimmern.
In denen du an meiner Seite stehst.

10.

Du siehst mich an und jene drauf und weinest,
Und krampfen will sich deine junge Faust.
Ich weiss, mein Knabe. fühle was du meinest:
Du denkst daran. wie oft ein Sturmwind saust
Daher im Liede und die fade Sippe
Herunter streift vom Körper dieser Welt.
Du fühlst dich mächtig wie die starke Klippe,
An der Jahrhunderte die Fluth zerschellt.

11.

Ein schöner Wahn! — Ein Wahn, dem alle leihen
Ein ernst Gehör. Wie solltest du es nicht?
Man mag den Jugendirrthum dir verzeihen.
Du hast ein thatenmuthiges Gesicht.
Doch höre. auch der Fels im weiten Meere
Vergeht, höhlt doch der Tropfen schon den Stein.
Und sicher toben neue Wellenheere.
Wenn jede Klippe wird zerfallen sein.

12.

Der Stärkste fällt! — Da hebt der treue Jünger
Das Lockenhaupt und spricht bethränt und heiss:
Lass mich nur kämpfen wie ein kühner Ringer,
Nicht um des Oelbaum's duft'gen Siegerpreis, —
Ich will nur fallen so. wie alle fielen
In Nacht und Dunkel für der Menschen Heil.
Die Ueberzeugung siegt. — Den Todespfeil
Im Herzen will ich Götterfreuden fühlen.

13.

Kannst du entsagen, Jüngling?! — Singe, dichte!
Das ist der Muth. den wir anjetzt bedürfen. —
Die Dichter sind die Thränen der Geschichte,
Die heisse Zeiten mit Begierde schlürfen. —
Ström' aus dein Herzblut! Auf die sand'gen Flächen
Der Wüste ström' es hin mit festem Muthe,
Und ohne Jammer lass dein Auge brechen,
Wenn auch kein Gräslein schiesst aus deinem Blute. —

XIII.

1.

So müssen wir ihn denn gewähren lassen.
Hier hilft kein Warnen, denn er ist gewarnt.
Der heil'ge Wahnsinn hat ihn ganz umgarnt,
Und nirgend kann der Nüchterne ihn fassen.
Er geht. — Schon schwebt er weit in stolzen Höhen.
Kaum noch erblickt mein menschliches Gesicht
Die Flügelfedern, die im Winde wehen.
Verflieg' im All', im weiten All dich nicht!

2.

Kehr' um! die Sohlen deiner Füsse hefte
An diese Welt mit fieberhafter Hast,
Aus ihr entsteigen alle deine Kräfte.
In jenem Raume kommt der grause Gast
Der Nacht. Des Wahnsinns Wahn steigt aus der Höhle
Des Nichts und spricht zu dir mit süsser Stimme.
Du folgst mit durst'ger, ewig trockner Kehle.
Und wie sich auch vor Schmerz dein Körper krümme,

3.

Er reisst dich mit hinab. er stürmt hinauf.
Mit eins durchbraust er alle fernsten Weiten.
Du rennst die Stirn im grausen Wahnsinnslauf
An's Thor des Nichts, und an den Ewigkeiten
Prallt ihr zurück. Es lacht der Geist und schmettert
Hinauf. hinab dich in gewalt'gen Sprüngen.
Ein Heer von Weltenmaden aber klettert
An dir hinauf. die alles dir durchdringen.

4.

Du schüttelst dich. sie bleiben. Deine Stirne
Deckt Schweiss. dein Auge brennt. du weinst mit Beten.
Du fühlst ein stechend Weh in deinem Hirne.
Du willst den Weg zum Erdenball betreten.
Still. schweigend schleichen aus den kalten Räumen. —
Du irrst. — der Geist. der Geist hält deine Hand,
Er sagt zu dir: „Mein Freund. mein Freund. wir träumen.
„Ich bin nicht, du nicht. alles ist nur Tand.

5.

„Du schaust mich an! — Du nicht. du bist nicht du.
„Ich bin nicht ich. Das All ist nicht das All.
„Wo willst du hin. wo geht dein Streben zu?
„Du steigst hinauf und fürchtest jähen Fall?
„O fürchte nichts. hier giebt's kein Steigen. Fallen.
„Hier ist nur das, was du bist, was du nie
„Erfassen wirst. Hier hebt die schwarzen Krallen
„Ein Ding. was du nicht kennst. was du nicht messen.

„Noch schauen kannst. Ein urgeheimes Ding.
„Nicht urgeheim. auch nicht ein Etwas, dessen
„Etwas du fassest, nicht zu gross, nicht zu gering,

6.

„Nicht einmal nichts für dich." Er lacht und höhnt.
Sein Opfer aber athmet schwer und stöhnt.
Es fasst nach Halt, es fällt — es fällt — es fällt —
In's Haus der höchsten Weisheit dieser Welt,
In's Irrenhaus! —
        Selin indessen fühlt
Den fremden Strom. der aus dem All sich wühlt
Und unbekannt um seine Schläfe weht, —
Er weicht zur Erde. eh' sie ihm vergeht.

7.

Bald also steht er in den eig'nen Grenzen,
Bemüht zu schaffen aus sich selbst sein Lied.
Er sieht ein klares Ziel vor Augen glänzen.
Und ihm zu nahen, ist er treu bemüht.
Vergang'ner Völker hohe Heldenthaten
Verfolgte er mit Ruh' und stillem Fleiss
Und legte in den Busen Saat auf Saaten.
Und Knospen trug manch frisch genährtes Reis. —

8.

Doch wehe! Bald gesellt sich zu dem Streben
Die Hoffnung wieder, und wo Hoffnung ist,
Da muss es jähen Sturz. Enttäuschung geben.

Vergiss, wovon du ausgegangen bist.
Vergiss es nicht. Kehr stets von deinen Zügen
Auf deinen Fels der Hoffnungslosigkeit.
Sonst stürzest du, eh' deine Banner fliegen,
Eh' du zum Kampfe und zum Tod bereit.

9.

Seht, wie ihm ahnungsschwer der Busen zittert,
Wie strahlend sich sein Blick zum Himmel hebt,
Als habe ihn ein Gottgedank' umwittert,
Den er zu fassen, zu behalten strebt.
Sein Inn'res wallt von mächtigen Gefühlen.
Und zuversichtlich, selig blickt er nieder.
Wird ihm kein Gott das falsche Feuer kühlen?
Er glaubt. — beim Zeus, er glaubt an seine Lieder!

10.

O, Schlangen ihr! Wie ihr in uns euch windet.
Dass euer Schillerglanz uns schier betäubt.
Wie ihr uns Urtheil, Vorsicht, alles bindet.
Euch gegen jede Kette funkelnd sträubt.
Ein Schauer fasst uns, uns're Augen leuchten.
Und lachen. — jauchzen will in uns das Herz.
Und stolze Thränen uns're Blicke feuchten,
Wie Thau zerschmelzend auf erglühtem Erz.

11.

Und ach! Wie er beginnt zu dichten wieder
Im Geist, in unbestimmten Phantasien. —
Da steigt vom Himmel ihm das Bildnis nieder,

Das ihm der erste Jugendmuth geliehen:
„Ein Dichter sein mit Strahlenkranz und Krone.
„Bei dessen Tönen lauscht die ganze Welt.
„Sein Sessel schwergeballte Wolkenthrone.
„Am Firmamente leuchtend aufgestellt,
„In seiner Brust die Sprache jeder Zone.
„Von dessen Leier Blitz und Donner fällt.“ —
Bei aller Liebe, sag' ich, heiss verhüllen
Das hehre Bild um Deiner Rettung willen! —

12.

O, armer Jüngling! Wenn Du heisse Quellen
Im Busen trägst, man wird sie Dir verschütten,
Ein Heer von Würmern Dir die Wurzel fällen
Des Baumes, der Du bist. An Deinen Schritten
Wird hangen blasser Neid, unfähig blasser,
Und wird von keinem Drange sein getrieben,
Als Dich zurück in Deine Nacht zu schieben, —
Nicht Deiner That, nur Deiner Urkraft Hasser.

13.

Sprich nicht! — Schweig still! — Indess du schweigst mit nichten,
Da fällt die Schaar, die schaale Schaar Dich an.
Sie rathen Dir mit Würde ab, zu dichten,
Das, sagen sie, ernährt nicht seinen Mann.
Du staunst, Du sprichst von Dem, was Dich beweget,
Von dem Beruf, der Dich zum Kampfe treibt,
O! nicht nach dem, was Deine Seele heget,
Man schätzt nach dem, was Dir im Beutel bleibt.

14.

Du dichtest und Du fluthest Deine Liebe
Hinaus in Treuen, denn Dein Herz ist rein.
Ob auch in Dir kein Tropfen Blutes bliebe.
Du singst um Wahrheit, nicht um Flitterschein.
Was fühlst Du nun, wenn Du von Deinem Nacken
Streifst Dein Gewand, des Bettlers Blösse deckend.
Und dieser spricht, sich höhnisch, hämisch reckend,
Indem es seine rohen Arme packen:

15.

„Was giebst Du mir den Lumpen für die Glieder,
„Der nicht nach Mode ward und Kunst gefügt?
„Hier hast Du Deine lump'ge Gabe wieder,
„Die meiner Armuth nicht und Noth genügt." —
Du fühlst, wieviel Du giebst, Du giebst Dein Leben,
Dein Höchstes, und Du bist zum Tod verletzt.
Siehst Du Dein Blut an andrer Sohlen kleben
Und Dein Gewand besudelt und zerfetzt.

16.

Wohl wissen's Deine Feinde so zu machen,
Dass Du nicht weisst, wo hier das Recht sich findet.
Ein dumpfer Schrei sich Deiner Brust entwindet.
Du könntest weinen und Du könntest lachen,
Nur einzig reden nicht, denn Deine Geister
Sind wir und wissen nicht, wo aus noch ein, —
Da werden Deine Feinde Deine Meister
Und Deines reinen Liedes Mörder sein.

17.

Ihr sagt: „Warum so ernst das Ganze nehmen?
„Das sind phantastisch wilde Elemente."
Nun, wenn man's doch so ehrlich meinen könnte.
Ihr Herren, wer von uns muss sich dann schämen?
Ihr habt von je das Opferblut verhöhnet!
Wollt's oder nicht, mein Wille ist zu fallen.
Willkommen sind mir eure feigen Krallen. —
Schlagt ein! ich habe mich mit euch versöhnet.

18.

Nicht so Selin. Er knicket jäh zusammen. —
Das hat sein schlimmstes Ahnen nicht gedacht.
Er fühlt verflackern seines Busens Flammen,
Bis sie ein Windhauch wieder neu entfacht.
Und bald beginnt er suchend mit den Augen
Zu forschen, wer für seines Herzens Schlag,
Für seines Busens Fülle möchte taugen. —
So sucht er denn vergebens Tag um Tag.

19.

Und wie sie alle kalt vorüber schritten,
Schien er sich selbst dem ärmsten Bettler gleich. —
Dann aber wieder ging mit Königstritten
Er durch sein eignes selbstbeherrschtes Reich,
Besah sich rings die herrlichen Paläste
Und im Smaragd der Quelle reine Pracht, —
Er gab sich selbst betrachtend Götterfeste
Und machte so zum Tag die dunkle Nacht.

20.

Doch wenn er dann von neuem trat ins Freie
Und in den Kreis der armen Welt hinein.
Und alles sich mit wüthendem Geschreie
Verfolgte. schlug und wollte Sieger sein.
Und wenn er dann des Siegers Krone suchte.
Da war's ein gleissendes. gemeines Ding.
Darum der Bruder seinem Bruder fluchte,
Und der Verbrecher dort am Galgen hing.

21.

Da schien's, als hab' er eher keine Rechte,
Zu wühlen in den Schätzen seiner Brust.
Bis der geringste aller Mammonsknechte
Geniessen könnte die geweihte Lust.
Dann warf er aus den Thüren seiner Welten
Viel neue Schätze in der Menschen Pfad
Und musste sehen. wie mit grausem Schelten
Der Menschentross von neuem sie zertrat.

22.

Genug! Das presste seinen Kampfmuth nieder.
Verhüllte ihm sein sonst so klares Ziel.
Bald war er wie vor wenig Zeiten wieder
Des Weltenschmerzes ruderloses Spiel.
Verloren lag der Kompass in den Wellen.
Zerrissen flog das Segeltuch im Wind.
Verstopft von neuem waren alle Quellen
Der Klarheit, und er schwächlich wie ein Kind.

23.

Er liess die Arme matt herniederfallen,
Zur thatenlosen Klage nur bereit.
Er liess die Woge schalten nach Gefallen
Und schwamm dahin in dumpfer Müdigkeit.
Da griff er sehnend nach der Göttin Leier, —
Sie röchelte, sie klirrte ohne Sinn.
Und graufeucht fiel ein schwerer Nebelschleier
Vom Himmel über seine Lieder hin.

24.

Dem Dichter Heil, der noch in Thränen dichtet.
Denn zu ertragen ist sein herbstes Weh,
Doch wehe jenem, dem um's Haupt sich schichtet
Die schwarze Nacht, ein ungeheurer See.
Der wogt und wächst und bindet sich und theilet
Und quillt und drängt in ewig neuer Nacht.
Durch den nur hie und da ein Funke eilet.
Der ihm nur immer neues Leid entfacht.

25.

Wie wand er sich und wollte schrei'n im Schmerze
Und wusste doch, je mehr sein Inn'res schrie.
Je mehr nur dient er jener Schaar zum Scherze.
Die um ihn her in fetter Zucht gedieh.
Die Laute schwieg. Das war des Elends Krone. —
Was man ihm anthat, hielt sein Herz für Schmach.
So plagt er selber sich mit biss'gem Hohne.
Indess sein Herz in herbem Elend brach.

26.

Und immer weiter von dem Sonnenlichte
Hinweg verlief Selin sich in die Höhle
Der Finsternis. Ein geiferndes Gezüchte
Umringelte verderblich seine Seele.
Die falsche Selbstverachtung wälzte Berge
Auf seinen Muth, und der Gedanken Schaaren.
Vergebens kämpfend wie mit Riesen Zwerge.
Vermehrten nur die schrecklichen Gefahren.

27.

Je finstrer sich die schweren Wolken ballten.
Je scheuer ward Selin. Da schoss ein Blitz
Hervor mit donnernd feurigen Gewalten
Von Jovis himmelhohem Göttersitz.
„Hass oder Tod!" So rief Selin. die Locken
Im Winde flogen. glühend ging sein Hauch.
Und vorwärts lief er. ohne je zu stocken.
Mit gellen Rufen durch den schweren Rauch.

28.

„Hass oder Tod!" Er stand am Meeresstrande.
Die Welle gurgelte und frass im Kies,
Der Mond entglomm dem düstren Wolkenrande,
Beleuchtend ein verlornes Paradies.
Selinens Busen schwoll von Höllengluthen,
Er nahm die Laute in die heisse Hand
Und warf sie fluchend an die Felsenwand. —
Die Trümmer fielen tönend in die Fluthen.

29.

Da stieg die Muse aus dem Silberschleier
Des Mondes. Ruhig stieg sie in die See
Herab und suchte der zerschlag'nen Leier
Verstreute Trümmer. Ihres Busens Schnee
War thränenfeucht. Ein langer Blick der Trauer
Fiel auf Selinen. Dann in lichtem Schimmer
Schwand sie entsteigend. Eine Wolkenmauer
Bedeckte sie, entzog sie ihm für immer. — —

30.

Und wollt ihr wissen. wo Selin geblieben,
So fragt der Winde und der Wellen Schaar.
In die er seinen letzten Brief geschrieben.
Greift in der Wogen schimmernden Talar
Und hebt ihn auf! — Darunter wird er schlafen,
Der einen Kampf begonnen. panzerlos. — —
Schlecht. könnt ihr sagen. waren seine Waffen.
Doch war sein Muth und seine Liebe gross.

: